自讨苦吃

父女旅行成长心历

步恩撒 著

北京出版集团公司

北京出版社

图书在版编目（CIP）数据

自讨苦吃：父女旅行成长心历 / 步恩撒著 . —北京 ：北京出版社，2015.4
ISBN 978-7-200-11233-7

Ⅰ . ① 自… Ⅱ . ① 步… Ⅲ . ① 游记—世界 Ⅳ .
① K919

中国版本图书馆 CIP 数据核字（2015）第 063069 号

自讨苦吃

父女旅行成长心历
ZITAOKUCHI

步恩撒　著

*

北 京 出 版 集 团 公 司
北 京 出 版 社 出版
（北京北三环中路 6 号）
邮政编码：100120

网　　址：www.bph.com.cn
北 京 出 版 集 团 公 司 总 发 行
新 华 书 店 经 销
北京天颖印刷有限公司印刷

*

880 毫米 × 1230 毫米　32 开本　7.75 印张　198 千字
2015 年 4 月第 1 版　2015 年 7 月第 2 次印刷
ISBN 978-7-200-11233-7
————————————
定价：39.00 元
质量监督电话：010-58572393

眼界有多宽，心就有多大。

儿时的一次短短旅行，总能成为最美丽的童年回忆。

小时候，我也曾好奇过，世界的另一端，到底是什么景象？

挂历、照片、故事、电视，都无法满足心底各种各样的疑问。

如今，我有了自己的女儿步璠。

在给她"童年时代的美好回忆"和"被拒绝的遗憾滋味"里，我选前者。

每次出游，或许会有各种麻烦，但是我仍然乐于带着女儿一起旅行。

因为多年后，那些一起走过的路，爬过的山，游过的海，将会是我和她最宝贵的记忆。

有爸爸陪伴的旅途不一样

文

恽梅（《父母必读》杂志 主编）

今天，工作和家庭平衡的话题，已不再被视为单纯的女性议题，而是家庭议题。跳出男人与女人的分工模式，跳出传统意义上的事业与生活非此即彼模式，女人与男人在共同追求一种新的生活方式，一种新的可能性。

越来越多的爸爸开始热衷于参与并享受育儿，愿意花更多的时间陪伴家人与孩子。在孩子成长的过程中，他们积极地扮演父亲的角色：将陪伴孩子视为乐趣，而非负担；视为与自己童年的再次相遇，而非单纯的付出；视为一种美好的体验，而非简单的责任。

在这本书里，摄影师爸爸步恩撒出发了！

带着女儿步步，踏上一段又一段旅程，从短途到远途，从草原到大峡谷，从大理到斯里兰卡、马来西亚，爬过山，看过海，体验过慢生活，也品尝过流浪的滋味……

镜头记录下那些动人瞬间，当然，真正打动人的绝不是这位专业老爸的摄影技术，而是那些相依相伴在一起的美好时光！更重要的是，有爸爸陪伴的旅途是不一样的。

——小孩子的适应能力远远超出你的想象。让孩子知道，旅行并不都是吃吃喝喝，我们的生活也不都是理所应当，世界各地的人们过着天壤之别的生活。

——即使会害怕哭泣，多多少少也会鼓起勇气自己面对问题，勇气不就是这么一点点积累起来的吗？

——一路走来，有意鼓励她独立完成一些小事，尝试新事物也好，冒险也好，被局限的人生难免会有遗憾。

明知有诸多不便，却越来越喜欢带着女儿去旅行。他说自讨苦吃，其实内心全是喜悦，这也许就是典型的 Man 式思维？

一次又一次出发，只是希望"带她去看外面的世界，带她学习生活中的技能，带她嬉戏，陪她快乐"，只是希望"成为更好的人，让我们在一起"。所以，当你说这位摄影师老爸在"付出"时，已经错了，因为无论是自讨苦吃，还是全心陪伴，都是他的无限享受与乐趣。

牵这样一条细细的主线，去贯穿，去延伸，便有了这样一个主题：把握住与孩子相处的现在，把勇气和能力传递给孩子，让孩子学会独立的同时，又与孩子深深地联系在一起。

有爸爸陪伴的旅途是不一样的，有爸爸陪伴的人生也是不一样的。老爸，加油！

"我不是那种爸爸"

钟赟（浙江日报报业集团 资深编辑）

　　做爸爸这件事，步恩撒是经过好一番纠结才下定决心的。

　　喜欢摄影，喜欢满世界跑，担心有了孩子就失去这样的自由生活，于是养一只宠物蛙来试验自己的爱心——还养死了，很让人担心他当爸爸的状态。

　　但女儿一出生，他就变身成一个搓着手喜滋滋等着换尿布的爸爸。

　　步恩撒的微信最大的主题就是晒女儿照片，每天必晒，各种卖萌搞怪的生活细节或是美美的出游瞬间，镜头里满溢的爱意直叫朋友跳脚质问——"喂，你是不是喜欢得要变态？"

　　确实，那些镜头哪里是在拍一位小朋友，简直就是向自己的女神大献殷勤——仰视，窥探，无限留恋地不断回头。

　　女儿步步是位小美人，在他的镜头里更是集三千宠爱在一身。

　　"你是不是挺得意的，觉得她美极了，想到有一天会有另一个男人牵走她就失落抓狂？"有朋友这么问他。

　　"我不是那种爸爸。"他回答得很直接，"我已经做好准备，可以完全接受她不结婚生孩子，而我尽可能地带她看世界，见多了她就有眼力分辨哪个是会给她带来快乐的男人，教给她拥有自己的世界，没有男人一样可以很快乐。"

步恩撒时常会因为工作去一些旅游胜地拍摄，如果时间和行程合适，他就会带女儿一起去。第一次这样的旅行是步步3岁半的时候，他们一起去了丽江。那时候，小美女还完全懵懂，正看《西游记》入迷人戏不分，每天念叨自己是孙悟空，披挂着民族服饰跑得不亦乐乎。

步步刚上一年级，步恩撒为了带她去新加坡，特地向学校请了5天假。在朋友圈里晒照片的时候，很多朋友发问："女儿要上学的，请假啦？"步恩撒觉得，与一年级的课程相比，为了这趟旅游请假完全值得。"她在这5天里学习和见识到的东西远远超过坐在教室里学到的。"

新加坡之行，步步参观了世界上水体量最大的海洋馆，跟海豚一起戏水，参观当地博物馆，了解到许多抽象的概念。"这趟旅行非常充实，当然，我也监督她补上了所有落下的功课和作业。"

不要以为这样的爸爸就会很宠女儿，在新加坡因为怕热不肯下车的步步就见识了爸爸发威——"人不会那么容易热死，大家没热死你也不会。"她不肯去参观榴莲果园，最后还是被爸爸成功塞了一嘴榴莲。

旅行能培养性格，尤其适合培养耐力和情商。步恩撒很看重这点，"旅途中团队合作很关键，性格好不好，包容性强不强，都会直接决定你在旅途中的人缘，生活中也是如此。"

某次去巴厘岛旅行，同团一个15岁女孩的骄纵让步恩撒印象深刻，不是在车里大声煲电话粥就是对导游和行程各种抱怨，娇气爱摆谱，大家都看得摇头叹息，她却不自知。"我当时就想，我女儿千万不能变成这个样子，她身上那些悄悄萌芽的小娇气，我一定要想办法帮她纠正。"

旅行能磨炼意志，步恩撒也会刻意挑战一下女儿的耐受力，"冷热颠簸这是人生常态。"

从小，他就给她一个拉杆箱要求她自己照管行李。步步4岁半时去马尔代夫转机，要在机场过夜，步恩撒就让她在长凳上躺着睡觉。"小孩的韧性超出你的预期，有时候随遇而安也是一种能力。"

2013年"十一"，步恩撒带着女儿自驾去坝上，每天开车10小时，从头到尾她没有抱怨过一句，自己在车上找乐子消磨时间。

步恩撒尤其喜欢带着女儿尝试各种新事物，"步步怯生，本身胆子就小，遇到陌生事物会条件反射地抗拒，经常企图用撒娇混过去。"经过长期在旅途中的斗智斗勇，步恩撒已经娴熟地掌握了破解之法：要孩子尝试新的事物，不需要事先说清楚，只要先笼统说去玩，然后营造出一种很有趣很好玩的氛围，孩子自然就投入其中，不会抗拒。

就像那次去内蒙，步步原本很抗拒吃羊肉，但是一堆大人抱着羊腿啃得啧啧作响，一脸陶醉，赞不绝口，她也忍不住拿了块羊肉啃起来，后来还啃得很带劲。带她去浦江骑摩托车，一开始她听到油门声就说害怕，步恩撒直接忽略她的叽叽歪歪，自己骑着遛了几圈，各种开心，后来带着她兜风，她不但不抗拒，还一路嫌爸爸开得慢。

不要以为这样"强势"的爸爸有点严苛，会让女儿畏惧。步恩撒允许女儿直呼他的名字，这似乎是他们父女间最亲昵的一种游戏。

"她看到感兴趣的东西就会说：步恩撒你来，你帮我拍一张。她还会提醒我不要掉队，大叫：步恩撒，你跟上！"

当然，如果她需要帮助或者犯了错，她就会很认真地叫"爸爸"，那些她和爸爸无限亲密的照片足以证明一切。

步恩撒信奉"可见的风景就是你的人生"，他最大的心愿，就是自己镜头里的每一段风景，都是一段可以跟女儿一同分享的人生。

阿步碎碎念——
带上娃，自讨苦吃去旅行

文 步恩撒

周围有很多父母在带不带孩子出游的问题上非常纠结。什么晚上的飞机小孩睡不好啦，出去吃不惯啦，要请假少上几天课啦，坐车时间久了太累啦……在目的地的选择上也总是挑选再三，要找舒服的度假地，要住好的酒店，太热也不行，太冷也不行……

他们貌似也知道读万卷书行万里路的道理，希望带孩子出去走走看看。但要是考虑得万分周全，就带孩子去一个度假村里待几天，哪怕是在万里之外，又有何意义呢？

行万里路其实要的是一种体验，是要你在不断的行走中经历各种困难和问题。人生，就需要体验和经历。小时候老师总说读书是为了自己，父母打你的时候也是含泪告诉你，打你是为了你好。但那个时候你能理解吗？只有等你也有了小孩，有了父母老师一样的经历时，才会真正地明白。

教育小孩也一样，你和她说得再深刻，再晓之以理动之以情，她其实还是不能真正明白。你要让孩子自己去体验，她去经历了，或者吃过苦了，心里才会真正明白。

更何况，小孩也没有你们想的那么脆弱，吃不了苦。或者说她并不是不想或不能吃苦，是你一直不给她吃苦的机会，坚强的意志是磨炼出来的，你能指望一个从来没有经历过磨难的小孩长大了独自面对生活的困惑吗？

所以，带你的孩子去吃点苦，经历些磨难，让她在各种经历中成长。我女儿小时候胆子非常小，什么都怕，什么都不敢做，在父母不断的鼓励和她自己的体验后，她已经敢做很多事了。

人，或许生来就是要经历磨难的。一枝傲雪的梅花，若你把她放入温室细心呵护，或许她将再也不会开花了。

没头脑和不担心

文 | 步恩撒

得知老婆怀了步步的当下有些懵；等待她出生的日子里有些期待；她呱呱落地时是又惊又喜；现在嘛，自然是越看越喜欢——这就是我当爸爸的感触。

步步出生后，每个见到我的人总是会问：做爸爸了，心情激不激动？

说真的，在等待步步到来的时间里，并没有太多激动，一切都是在恍恍惚惚中度过的。

当老婆宣布了步步的存在后，我的心里就暗暗存下了很多担心：总觉得有了小孩之后会有太大的责任，我的后半辈子就得做牛做马为她活了；有点害怕这个不期而至的小东西，怕她搅乱我的一切；和所有其他的准爸准妈一样，担心她是不是会多只手，多只脚，会不会有兔子嘴巴……

该担心的，不该担心的，我都在担心，日子就这么在我的忧心忡忡中开始了。

虽说怀孕期间一份份的检查报告都证明她没多手脚，没有兔唇，但见到"实物"前总不免心情忐忑——淘宝买件衣服都会担心实物与图片不符，不是吗？

好不容易熬到快生了，老婆住进了医院，我反倒担心少了（估计是死猪不怕开水烫了）。唯一心情紧张的是老婆被推进手术室的那一刻——不知道会出来个啥？

见到步步的第一面，看着她皱巴巴的小脸，我莫名其妙地打心底一阵阵狂喜，这是一种我从未体会过的欢愉滋味，还有几分骄傲——哈哈，这就是我的娃！（虽然当时觉得怀里的小婴儿没有想象中的好看，甚至有些难看。）

因为前期担心了太久太多，以至于见到"实物"后无比满足，觉得女儿好乖，饿了就哭，哭了就吃，吃了就睡，简直就像养只小猪。

小猪在慢慢长大，有了各种各样的怪相，也会咧嘴笑一笑了。而我最大的乐趣就是坐在她的床边，看着她憨憨的睡相。有时忍不住喜滋滋拨弄她一番，把她从梦里弄醒，和睁着小眼睛的她对视，直到她不满意地哼哼或是大哭一通。

在家我原本是个懒人，基本就是甩手掌柜，啥事不干。现在，有关女儿的事老要抢着干：给她洗澡啦，做抚触啦（这个我比较喜欢），换尿布啦（这个比较臭，不是很喜欢）。虽然每次洗澡她都哭得杀猪一般，但我却笑得很开心。

女儿出生后的100天里，我几乎每天都会给她拍照片，记录她一点一滴的成长，记录着那些细小琐碎却令我牵肠挂肚的变化。

不知道从哪一天起，我已经不那么担心了，或许是太喜悦的缘故，或许是身份的转换令我变得勇敢，先乐着，天塌下来，爸爸帮你挡着！

现在，女儿已经7岁了，好像就在眨眼间，她从那个只有短短几十公分的"爬行动物"变成现在站起来快到我肩膀的小女孩了，她已深深融入了我的生命。

我一直在考虑怎么把她养好。

不是简单意义上的吃好睡好，而是要教会她怎么生活，怎么做人。

怎么做人，这个题目有点大，坦白说，有时候连我自己都还没搞明白这个命题，在没有她以前，自己甚至都没有认真考虑过这件事。

但是现在，因为希望能教好她，我也开始认真思索这件看起来很麻烦的事。

教育不是打骂这么简单就可以解决的，言传身教，孩子会从身边的人开始学起，我的一举一动都会是她模仿的对象。当我意识到这些，才觉得与其教她怎么做，不如自己做好了给她看。为此我开始有意识地改掉自己多年的坏习惯，破天荒地去慢慢摸索，慢慢思考，慢慢纠正自己。

有一年去西班牙旅行的时候，遇到了一个马来西亚华人，在欧洲游历多年，研究西服美术史，他的业余爱好便是研究玛雅文化。聊到兴起，他给我算了一盘，指着玛雅图腾的标识告诉我，我是女儿的引导，需要时常陪伴她，带她到大自然中去，这样能给她的生命带来正能量，往一个好的方向发展。

虽然我从来都不相信算命这件事，在那个当下，我却发自内心地相信他的每一句话，觉得备受鼓舞。

我会努力地带她去看外面的世界，带她学习生活中的技能，带她嬉戏，陪她快乐。

成为更好的人，让我们一起。

目录

\ 第一章 \

人生第一次，爸爸牵你走
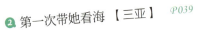

1 第一次远途旅行 【丽江 香格里拉】 *P024*

　　金箍棒和筋斗云　*P028*

　　玉龙雪山下打水仗　*P032*

　　像藏民一样生活　*P035*

2 第一次带她看海 【三亚】 *P039*

3 第一次出国 【马尔代夫】 *P041*

　　马尔代夫的下马威　*P045*

　　赤脚大仙开飞机　*P048*

　　宝贝寄存计划　*P051*

　　鱼市不相信眼泪　*P055*

4 第一次没有妈妈的旅行 【云台山】 *P057*

　　体温 38℃，走不走？　*P060*

　　那些妈妈不准的事　*P062*

　　一千级台阶　*P064*

　　牵手的时光　*P067*

\ 第二章 \

拼出假期去旅行

❶ 在那孔雀盛开的地方 【大理】 *P072*

　　大理古城：问不完的为什么 *P075*

　　双廊：拥抱苍山洱海的世外桃源 *P078*

❷ 坐游轮和公主吹海风 【日韩】 *P081*

　　起航，海上狂欢夜 *P084*

　　走走停停的游轮 *P087*

　　拜访猫站长 *P090*

❸ 海里长大的孩子 【马来西亚仙本那】 *P093*

　　不一样的水底世界 *P095*

　　海上吉普赛人 *P100*

　　仙本那的"格列佛游记" *P104*

❹ 故地重游 【普吉岛】 *P108*

　　游泳，来之不易的技能 *P112*

　　看秀，别想太多 *P114*

　　步步与枪的第一次亲密接触 *P116*

❺ 不一般的风景 【斯里兰卡】 *P118*

　　高跷钓鱼，靠海吃海 *P121*

　　在加勒集市尝遍千滋百味 *P125*

　　亚拉国家公园里的动物王国 *P129*

　　扒着火车去康提 *P132*

目录

\ 第三章 \
所谓的危险地带，小孩子不能去？

❶ 7 岁 7 天 7 000 里坝上行　*P138*

坝上河北段：羊腿的滋味　*P144*

大峡谷：带着椅子去拍照　*P148*

蒙古包之夜：美丽"冻"人　*P150*

内蒙古：草原上撒点野　*P153*

锡林浩特：白色的湖泊　*P156*

❷ 流浪的滋味　*P159*

库姆：一口糖一口茶　*P164*

卡尚：第一次流浪的感觉　*P168*

伊斯法罕奇遇记　*P176*

亚兹德：打一场雪仗　*P187*

\ 第四章 \

短途出游：野外技能养成进行时

江南水乡的慢生活　*P194*

杭州九溪：骑车、眼泪和放手　*P197*

安徽月亮湾：走，爸带你生火去　*P203*

福建霞浦：体验另一种沙滩　*P206*

浙江松阳：做一个地道的村民　*P210*

\ 第五章 \

教你几招拍好亲子照

为什么大家都会觉得我老婆照片拍得蛮好呢？　*P216*

拜托，别比"剪刀手"好吗！　*P222*

构图：放在中间，有啥不行　*P226*

抓拍：水花四溅，拍得敞亮　*P230*

硬件：刚入门，M 不适合你　*P233*

后记　行走十年　*P235*

附录　带宝贝旅行必知常识　*P236*

人生第一次，
爸爸牵你走

第 一 章

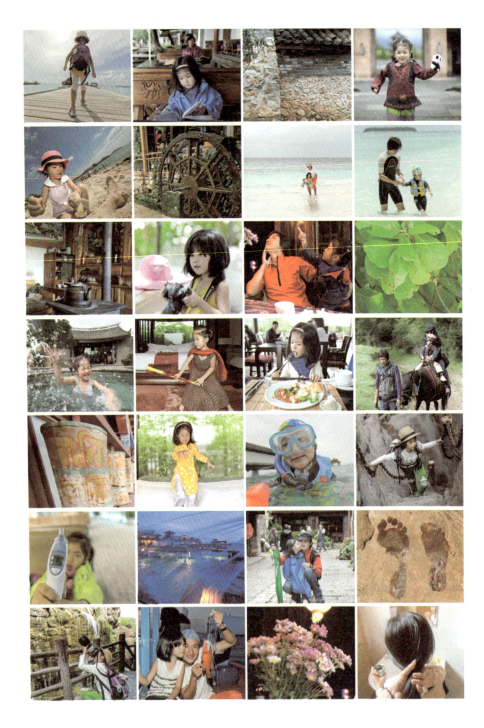

成长心历

　　2007 年 1 月，我初为人父，由此开启了她人生中无数的第一次。

　　3 岁时第一次出远门，去丽江、香格里拉，第一次坐飞机，第一次踏上云贵高原，穿上云南当地的少数民族衣裙，在镜头里翩然似小彩蝶；

　　4 岁时第一次看海，我带她去了海南；

　　5 岁时第一次出国，我带她去了马尔代夫，第一次坐水上飞机，第一次睡在大海中央；

　　7 岁时，父女第一次没有妈妈的陪伴，开始旅行。

　　算了算，平均每年带女儿出游三次："十一"、暑假、春节。

　　带孩子去旅行，冠冕堂皇的理由有很多：这或许是最好的亲子教育，培养她的自理能力、开朗性格……

　　腹黑天蝎老爸私心里想着，女儿成长中的第一次，父亲当然要尽可能霸占多一些，再多一些……

1 第一次远途旅行 【丽江 香格里拉】

2010年8月，丽江，香格里拉。这是女儿的第一次远途旅行，步步三岁。

"小朋友，你叫什么名字啊？"——"孙悟空。"

那段时间，每当有人问我女儿名字的时候，她总是这样回答。

那阵子她刚迷上动画片《西游记》，一心一意认为自己是孙悟空，爷爷是猪八戒，妈妈是白龙马，我是沙和尚，反正我们全家出门就是一部"西游记"。

出发前，纠结了很久要不要带她去——毕竟当时她才三岁，香格里拉可是海拔3 300米的高原。

三岁大的步步已经有了许多不同的成长阶段，一岁时的可爱，两岁时的娇憨，三岁时的活泼，每一个阶段对我而言都是全新的享受，只可惜这些可贵的时光逝去了就再也无法追回，无法复制，甚至会被遗忘。

即使有些担忧和心疼，也先忍着，暗中观察她，培养她自主思考问题和解决问题的能力，而不是一遇到问题就丢给我们。

金箍棒和筋斗云

"想不想坐飞机，去好远的地方玩？"

她瞪着大大的眼睛，嘟着小嘴，重重地点了点头，"想！我可以带金箍棒去吗？"

好吧，抛开一切顾虑，带着小小的她和她最爱的玩具金箍棒，上路。

这是她生平第一次坐飞机。

在我以往的旅行中，最害怕的状况之一就是在 6 000 米高空遇到歇斯底里哭喊的熊孩子。所以这次带着自家的娃出门，还真有点心虚。

从候机到登机，步步的表情都很淡定，乖乖系上安全带，一本正经地看安全手册，实际上还拿倒了。换登机牌的时候，我特地要求把她的座位安排在窗口位置，希望空中的风景能吸引她的注意力，不会吵闹。

飞机起飞的一刹那，我的心提到

了嗓子眼，老婆也一脸慌张地盯着她看，担心她害怕哭闹，担心她耳压出现问题，担心她"一秒变熊孩子"，结果什么都没有发生，她睁大双眼盯着窗外，非常兴奋，飞机顺利升空的时候，她用一肚子的问题轰炸我——

"为什么不能开窗让我摸摸云？"

"为什么飞机有两个翅膀？要是装四个翅膀是不是会飞得更快？"

"飞机累了可以在云上休息吗？"

"筋斗云和飞机哪个更厉害？"

……

或许是出游的兴奋盖过了一切，步步倒是毫不介意自己走路。无论是在机场候机时，还是起飞、降落、飞行途中，一路上女儿都和金箍棒这个"好伙伴"自顾自地玩得很开心，因为注意力被分散，飞机降落时的颠簸她也没有在意，金箍棒帮我们省去不少精力。

为了赶早班飞机，我们大清早就出门了，老婆担心步步没睡饱，想要哄她在飞机上睡会儿。大概是第一次坐飞机觉得新奇的缘故，平时哼几首催眠曲就会睡着的步步一直保持着亢奋的状态。我倒觉得没关系，毕竟第一次坐飞机，小孩子兴奋过头睡不着是很正常的事。

日常生活中，我和老婆在对待步步时经常会有不同意见，或许这就是爸爸和妈妈带孩子的不同之处吧。

我总觉得，遇到一些突发状况，不用太过担心，顺其自然就好。而她一直希望培养步步良好的作息习惯，无论是在家还是在外，都要按时睡按时起。但是出门在外时间不受控，通常这时候我会告诉步步，有力气就去玩，玩累了就睡，还帮着步步劝老婆，随她玩闹，累了自然会睡，而且这时候睡眠质量特别好，都不用哄。老婆虽然不赞成，却也拿我们没办法。

老实说，在她三岁之前，因为工作原因，她平时多由爷爷奶奶、外公外婆带，隔代总是比较宠爱，平时上三楼都要人抱。我也曾担心她这次出行吃不了苦，但还是想有意识地锻炼她，让她自己走路、坐电梯等，即使有些担忧和心疼，也先忍着，暗中观察她，培养她自主思考问题和解决问题的能力，等没辙了再向我们求助，而不是一遇到问题就丢给我们。老婆却说我太着急，毕竟她只有三岁。

我这种教育方式是拔苗助长还是独具远见，其实有时候自己也不确定……

明知道带着她一起出发，为了照顾她我们会有更多困难和麻烦，但比起一段美好的回忆，累点会更累，又算什么。

玉龙雪山下打水仗

　　和大多数双职工家庭一样，工作日我们比较忙，步步大都是由我们的父母照顾，周末我们接她回家，但往往周末也有各种杂务缠身，没办法全身心地陪她出去玩。

　　这次带她来丽江，是我期待已久的，和她的第一次旅行。我终于可以充分享受和她腻在一起整整一周的悠闲时光。不喜欢丽江古城过度商业化，我带着步步每天游荡在束河古镇上，一起懒散地、幼稚地消磨着时光。

　　古镇的游人不多，商业气息也比丽江古城淡了不少，据说束河古镇是纳西先民在丽江坝子中最早的聚居地之一，也是茶马古道上保存完好的重要集镇。青石路的两旁，古色古香的木质房子错落有致，的确是不错的摄影题材。

　　街巷两侧的客栈名字各有特色，大都充满诗意，许多我都没读懂，但是不乏文艺青年痴痴地站在人家院子门口自拍。

　　傍晚的束河很安静，看着步步在古镇的方砖小路上跳格子玩，真想时光就定格在这一刻。

　　如果把时间精确到以秒计算，在丽江的每一秒都是快乐的，不可复制的。

　　到达丽江的时候天已漆黑，出租车在穿过一大片空地后开进了我们下榻地——丽江悦榕庄。

柔和的灯带勾勒出建筑曼妙的曲线，蜿蜒的小溪从脚边流过，工作人员送上热乎乎的姜茶。

这是第一次外出旅游却没有设置闹钟，放纵自己睡到了自然醒。

起床后拉开帘子，女儿发出大大的一声"哇！"

玉龙雪山就在我们眼前，可惜因为气候变暖，已经看不到皑皑白雪，壮美的山色和缭绕在山间的云雾已经是令人难忘的风景。

"悟空君"对雪山只有三分钟热度，反而是眼前的泳池更吸引她。

我们的房间带一间独立宁静的院子，院子里呼呼冒着热气的露天恒温浴池，对她来说是最具亲和力的游泳池，迫不及待地喊妈妈给她换上泳衣，连金箍棒都顾不上拿就下水闹腾开了。一个人玩还觉得不过瘾，非要拉上我和老婆一起下水陪她闹腾。

步步从小就对玩水有一种发自内心的热爱，以至于后面的两天，去泳池玩水成了她睡觉和起床的动力。甚至有时候带她在外面玩，也心不在焉的，老催我回去游泳，这是后话。

在我们都泡得筋疲力尽手脚发软的时候，步步要求穿着她的新衣服拍照。

这次出行，我把之前在印度、尼泊尔、泰国等地旅游时给她买的衣服都带上了，打算给她拍个"72变"写真。

换上民族衣裙后的步步也不忘挥舞着金箍棒，非常难得地配合起我的镜头，摆出很多齐天大圣的造型——喂，你明明穿的是温婉小公主的裙子啊！

丽江的这段时光，在我以后的回忆里会是一大团的快乐，比如她挥舞着金箍棒满小镇地奔跑，比如她明明只认识一个"大"字，还在餐馆一脸认真地看菜单……

也是从这次丽江之行开始，我更加坚定了"尽一切可能，创造各种机会，带步步去旅行"的信念。明知道带着她一起出发，会多出许多困难和麻烦，为了照顾她我们会更累些，但比起一段美好的回忆，累点又算什么。

像藏民一样生活

仁安的美，在于融和。

一些不起眼的树枝做成的篱笆围起了数幢山间的土屋，路边，一片树丛里的石头标示牌，告诉你可以在这里住下。

那天早晨，我们从丽江出发，驱车奔赴下一个目的地——藏匿在大山里的颇具香格里拉风情的仁安悦榕庄。

出发前有些担心步步能否忍受 5 个小时的枯燥车程，结果这段路的风景美得像是 MV 里的梦幻场景。

一路沿着汹涌奔腾的河流行驶，经过路边烧着烟叶的土碉堡，穿过突如其来的雨带，路过田间地头正弯腰收割油菜的藏民，一次次经过漫山遍野一望无际的绚烂野花……

在明亮蔚蓝的天空背景下，车窗外不断变幻的风景让步步异常安静，一直痴痴望着窗外，好像在欣赏风景似的，耳畔是老婆轻声哼唱的儿歌，那时那刻，我只期盼这段路途没有尽头，一直延续下去……

穿过香格里拉县城后，车子慢慢转入一条崎岖山路，小路在两座大山的缝隙中蜿蜒曲折，路边是大片的草地农田，零星散落着几栋古朴的藏式建筑。

当车子翻过一座简陋的木桥时，司机指着不远处山腰上的一座藏式建筑告诉我们，那就是我们的"新家"了。

"新家"的外观和沿路看到的藏式建筑一模一样，如果只是路过，必定会以为这就是一个藏民村落，那么自然地存在于香格里拉的青山绿水间，存在于这片蓝天白云下。

站在藏式牧舍的二层望去，门前是一条水流湍急的小河，河对岸是一望无际的草地，草地上点缀着白色和黄色，实际上是埋头吃草的白山羊和黄牦牛，它们悠然而来，悠然离去，俨然是这片土地的主人。再远处是一大片黄澄澄的油菜花，沿着山坡起伏，与蔚蓝的天空形成鲜明的对比。

这时，要是手中有一个画框，随便往哪个方向一举，框中就是一幅绝美的油画。我用相机把步步框进这幅油画里，记录下自然送给她的第一本写真。

仁安的美，不止步于与自然的融合。

第二天一早，酒店的导游带我们开始了藏文化之行。

一匹小滇马驮着步步和老婆，我扛着相机走在小滇马的边上——还真有点"西游记"的架势了，为此步步非常开心，一路欢笑。

第一次骑马，她做了好久的心理斗争，一方面对着高大的马匹觉得害怕，另一方面又深受《西游记》的影响想要骑马，自己皱着一张小脸苦苦挣扎了半天，最后老婆安慰她说

两人一起骑，我也"狗腿"地表示
会贴身保护她，这才小手发抖地
示意我把她抱上马背。

虽然我们再三拜托牵马
的村民放慢速度，坐在马背
上的前半个小时，她依然害
怕得紧紧抱住妈妈，直到后
来才慢慢腾出一只小手摸摸
马背上的毛，表情既惊喜又惊
吓，萌得让人移不开眼。

沿着门前的小河一路走，脚下
是前人踩出来的狭长土道，路过沿途的村落，我们寻了一
户友好的藏民家落脚，坐在炉子边，喝着酥油茶，听导游
讲述当地的民情风俗。

再次起程后，我们走进山中，探访一座有几百年历史
的古老寺庙——仁安寺。我们住的地方即因它而得名。寺
庙很小，外屋是和尚们栖身的居室，里面的大殿也不过几
十平方米，供奉了许多尊佛像。围墙斑驳得看不出颜色，
木柱被灯油熏得黑亮。在这里，历史仿佛是可以触摸得到
的，时间似乎凝固了。

几小时徒步下来已是饥肠辘辘，好在山下早有一户人家烧好热腾腾的饭菜等着我们，这也是这次藏文化之行的内容之一，体验最淳朴的乡间生活。

饭菜都不复杂，看在我们是远方来客的份上，藏民准备得比平常吃喝略丰富了一些。让人印象深刻的是我们吃饭的地方是一个足足 200 平方米的藏式住宅，感觉特别霸气，步步一个劲地叫喊，说餐厅里还有回音呢。

接下来的几天，我们在周边慢悠悠地闲逛，去了普达措森林公园、松赞林寺和香格里拉老城。

相比松赞林寺和香格里拉县城里的独克宗古镇，步步更喜欢普达措森林公园，那是一片海拔接近 4 000 米的森林。走在参天古木当中，步步的头转个不停，好奇地打量着这个陌生的世界，一副眼睛不够用的神情，还真让人担心她扭着脖子。

我们的导游老张很喜欢步步，每当遇到一些坡度较大的步道，就一把抱起她，扛在肩上走，步步便兴奋地伸出手去够高高的树叶。

这段短短的森林游结束后，一路背着相机的我累得有些喘气，步步却破天荒地自始至终也没喊累。在回家很久之后，她偶尔还会念着再去森林里找老张玩儿。

② 第一次带她看海 【三亚】

　　其实我选择的亚龙湾是三亚相对平缓宽阔的一个月牙形海湾，拥有7公里长的银白色沙滩，沙粒细软，海水澄澈，远远望去混合了几种不同的蓝色。这里水上娱乐项目种类丰富，适合亲子互动，抱着"步步一定会喜欢"的心情而来，谁知道她的反应完全不是我预想的那样。

　　或许是因为在家还不够年龄学游泳，加上步步的胆子小，无论我们怎么诱导，她都不敢下水。

　　第一天的行程就真的只是"看"海，她饶有兴趣地在沙滩上捡贝壳、挖沙蟹，前提是紧紧跟在妈妈身边，小手时不时拉住妈妈的衣角寻求安全感，就连站在岩石上拍照也必须紧紧拉着妈妈的手。玩到傍晚涨潮时分，海水浅浅地没上她的脚背，她吓得尖叫着落荒而逃。

　　来到海边，怎么能不下水呢？

　　在这方面，我略有一点儿强迫症。

　　步步越是对某件事或者某项活动表示抵制或是害怕，我就越是希望她能克服这种心态。不为别的，因为我也曾经是习惯性抗拒改变以及新事物的人，等我认识到这种性格对自己生活的拖累后，花了不少精力才慢慢扭转过来，所以特别不希望步步养成这样的个性。

在海边的第二天，我连哄带骗地抱着步步走向大海，海水逐渐漫过我的小腿、大腿、屁股。因为紧张，她搂着我脖子的双手越勒越紧，我快要被勒得无法呼吸了，最要命的是她贴着我耳朵发出的高分贝尖叫声几乎刺破了我的耳膜。于是我打消了抱着她再走几步的想法转身走回沙滩，一踏上沙滩，她就飞快地从我身上滑下来，一路飞奔回妈妈怀里，连哭带喊地控诉着我的"暴行"。

上岸后的一个小时，我的耳朵始终嗡嗡作响，这次奔海，造成了我短暂耳鸣的后遗症，步步也有了后遗症：长达两个礼拜，她对我的信任度降为零，对于我发出的种种玩乐邀约都严词拒绝，无论我怎么发誓诅咒，她都会用怀疑的眼神上下打量我。

3 第一次出国 【马尔代夫】

2011 年 9 月，步步 4 岁，第一次出国，我们去了马尔代夫。我走在步步后面，看着她的小背包上的小熊挂坠随着她的脚步左右摇摆，忽然觉得有些感慨：她比去年带她出游的时候高了，长大了，步伐更稳健了。

去马尔代夫一直是老婆的心愿，从恋爱起憧憬去那里度蜜月，到婚后希望去那里度假，却因为忙碌的工作、女儿的诞生一拖再拖，一直想找机会弥补她的这一遗憾，实在不应该再拖了。

这是步步第一次出国，家里老人担心她忍受不了长途飞机和转车等各种折腾，劝我们别带她去。

可是我却越来越喜欢带步步出游，而且她在陌生的地方会对我特别依赖。平时在家，她更喜欢爷爷奶奶，要黏也是黏妈妈，但每次出门她就特别黏我，或许是她下意识地知道，在外面还是要依靠爸爸吧（大笑三声）。

所以，为了享受这份难得的她对我的依赖，我毅然决定带上这两个最爱的女人，外加女儿的新朋友小熊玩偶，去那个传说中最浪漫的海岛。

马尔代夫的下马威

在马尔代夫，一座岛屿就是一个度假村。

我们的第一站是瓦宾法鲁岛。

一路的行程是飞机＋快艇，乘着海风到达终点的时候，兴奋让人忘了旅途的疲惫。

瓦宾法鲁岛非常小，不用 10 分钟就能环岛走一圈。小岛与唯一的度假酒店融为一体，一幢幢风格鲜明的尖顶小圆屋隐匿在树丛中，每间小屋的门窗面对的就是银白沙滩与碧蓝大海。海水近在眼前，令人担心下一次涨潮会把小屋直接给淹了，某天早上醒来人会漂浮在大海上。

踏上小岛还不到 10 分钟，澄净的天空忽然变脸，乌云压顶，我赶紧拉着步步往房间跑，没想到暴雨来势汹汹，我们还没跑出几步，雨点就狠狠地砸在了脸上。

之所以说"砸"，因为狂风暴雨打在我们身上，几分钟前还温柔似海绵的沙滩细沙也如中魔般砸到我的腿上，生疼生疼。

步步被这场突如其来的暴风雨吓得有些不知所措，一个劲儿地大喊着要回房间。初到小岛的我在这场狂风中吃力地辨别着方向，我的衣服几乎瞬间被雨水打湿，紧接着猛烈的狂风让人迅速感觉到冰冷，夏天到冬天的转换原来只需要短短几分钟。

就在我僵冷得快要失去知觉的时候，一位路过的酒店工作人员热心地带我们以最快的速度逃回了房间。

还没下海，就已经全身湿透；还没开始感受热带的阳光，就被冻得瑟瑟发抖——马尔代夫，是不是都要给初来乍到的人一个下马威？

在瓦宾法鲁岛的日子里，几乎每天都要毫无准备地"迎接"几场短促的雨。

有时是轻描淡写的毛毛雨，有时是咆哮而来的倾盆暴雨，只要雨一停，短短几分钟就又变回阳光明媚的样子。

我只好肩负起气象员的工作，不停地观察窗外的天空，推测天气状况。

预计马上放晴，就赶紧招呼身后的两个女人换好衣服出海戏水；在海上玩水时，发现天空云层有变就赶紧招呼大家回房躲雨——那感觉，就像领着一支三人小分队进行海岛游击战，充分运用"敌进我退，敌退我进"的战术方针，在狂风暴雨中争取享受到麦兜心中那"蓝天白云，椰林树影，水清沙幼"的马尔代夫。

她瞬间忘记了害怕，她的惊叹声一个劲儿扒着窗口往下看，小鼻子压得扁扁被螺旋桨的噪音吞没，的，紧贴在玻璃窗上。

赤脚大仙开飞机

今天的行程是从瓦宾法鲁岛去薇拉瓦鲁岛，水上飞机是连接两个岛的唯一交通工具，酒店贴心地安排了快艇把我们送到马雷机场，没错，水上飞机也是有专门机场的。

千万别小看这种十几个座位的小型飞机，机票可并没有因为飞机小而缩水，成人245美元/位，儿童133美元/位。

其实以我节俭的个性，这价格着实贵得离谱——飞行时间也就半个多小时，但是，谁让我们在浪漫至死的马尔代夫呢！谁让我放话说要让步步和老婆看最美的风景呢！据说在水上飞机上可以饱览整个马尔代夫群岛的绮丽风光，我只好咬牙订了机票。

所谓水上飞机，就是经过改装的小型飞机直接在海面上降落、起飞。虽然出发前，我非常仔细地给步步解释了水飞的原理，但是真正看到飞机从空中轻飘飘降落，稳稳停在水面，步步还是又惊又喜，兴奋得要命。

我们从浮动平台登机，在机舱里坐稳后，螺旋桨的声音回荡在机舱里，震耳欲聋，机务人员发给每人两个耳塞抵御噪音。两个飞行员就坐在我面前一米处，叽里呱啦地聊着什么，穿着拖鞋的脚悠闲地抖动着，几分钟后，对讲机里传来指令，大概是准备起飞的意思，飞行员老兄一抖右脚，把拖鞋一甩，大光脚板猛地踩下油门踏板，飞机机身随之猛烈晃动起来——步步紧张地抱着我的胳膊，用颤抖的小细嗓音问我："爸爸，他们就这样开飞机呀？"

我故作镇定地安慰她："这些飞行员叔叔很厉害的，别害怕。"嘴上这么说，自己内心也打着小鼓：这两个老兄看起来也太业余了吧！光脚开飞机真的没问题吗？！

此时的担心害怕都是徒劳，我们一家三口早已被安全带牢牢"固定"在机舱里，骑虎难下了。眼睁睁看着飞行员老兄轻松又随意地按了几个按钮，我们的水上飞机就这么摇晃着，摇晃着，从水面滑翔——拉升——起飞了。

在空中爬升的飞机略微有些摇晃，步步显得很害怕，双手死死把住座椅扶手，我冲她打手势，示意她看窗外。从空中望下去，鳞次栉比的苍翠小岛镶嵌在清澈的蓝绿海洋中央，这片美如仙境的海洋就这么坦荡荡地呈现在眼皮底下，她瞬间忘记了害怕，一个劲儿扒着窗口往下看，她的惊叹声被螺旋桨的噪音吞没，小鼻子压得扁扁的，紧贴在玻璃窗上。

而此时此刻，我瞄到两位飞行员老兄依旧翘着腿抖着脚热火朝天地聊着——看来，在悠闲的马尔代夫，飞行员也会是另一种 Style 的。

即使会害怕哭泣，多多少少也会鼓起勇气自己面对问题，勇气不就是这么一点点积累起来的吗？

宝贝寄存计划

在薇拉瓦鲁岛，我们幸运地住进了水屋。

水屋建在距离主岛数百米远的水面上，太阳的余晖退去，天空变成一片蓝色，海水被映衬得越发湛蓝，水屋露台上的白色纱幔在风中舞动，像一群想要挣脱束缚的白色精灵在对着我们跳舞，欢迎我们的到来。

从看见水屋的第一眼，步步就惊叫"太漂亮了"！她沿着搭建在海上的木长廊一路狂奔，很快跑进了那群白色精灵中间，跳跃，欢呼，感染得我们也前所未有地开心。

水屋里有一个露天游泳池，从房间门口延展到海的中央，像是嵌在海里的透明玻璃池。脚下就是湛蓝的大海，可以以一种最安全的方式在大海中央畅游。

步步对这个泳池非常着迷，但凡我们在水屋的时间里，她基本都在泳池里玩耍，一改之前害怕在海里游泳的心态，有恃无恐地玩闹起来，还热情地冲我泼水，邀我打水仗玩儿。

玩累了，我们头靠着头静静看着玻璃泳池外五彩缤纷的小鱼从面前悠然游过，看夕阳一点点浸进墨蓝的海中央，看星光闪闪烁烁点亮夜空……

这一晚，我们睡在大海的中央。

令我有些挫败的是第二天，原本计划带着她浮潜看珊瑚的计划破灭了。

无论我们怎么摆事实讲道理利诱加威胁，她都不敢尝试下水浮潜，我甚至煞风景地"威胁"她："来海边不浮潜怎么行，那下次可就不带你出来了。"结果毫无效果，最后还是老婆承诺浮潜完陪她看电视，才最终说动了她。孩子太任性了，为父表示很受伤。

出发前，步步又追加了要求：爸爸妈妈一定要同时在她身边。

孩子，难道你还在记恨三亚那次吗？

好不容易达成共识，我终于可以牵着大小女神在最浪漫的海域里看珊瑚——结果当天浪很大，她喝了好几口海水后被苦咸味道呛得眼泪汪汪，说什么也不愿意再潜了。

第三天，原定计划是去浮潜，步步还是不愿意，商量了半天，她表示愿意在总服务台等我们，虽然老婆对"把孩子寄存在总服务

台"这件事非常不放心，但是我觉得这不失为一个锻炼她的好机会。这是一家全封闭的酒店，安全问题是有保障的，在一个陌生、语言不通的异国环境中待上半小时，对她也是一种考验。

我们和酒店前台简单沟通后，几个工作人员都很热情地表示愿意帮我们照看半小时。

走之前，步步一副"我没事你们去玩吧"的表情冲我们挥着小手，半个小时后回来发现，她眼睛红红的，明显是哭过。我仔细询问了工作人员，其间并没有状况发生，再转头问步步，原来是觉得一个人孤单，想找员工大姐姐聊天却又听不懂她们的话，这才着急地哭了一场。

对于此次寄存事件，老婆一脸心疼后悔的表情，我揉着步步的头鼓励她说："既然这次寄存半小时没什么问题，看来下次可以寄存一小时。"

虽然这句话收获了老婆的白眼一枚，但是我真心觉得，在确保安全的前提下，人为制造一些情境来锻炼她是必要的，尤其是像步步这样在家娇养、比较胆小的孩子，平常一遇到事情就丢给大人处理，而在没有可依赖的大人时，即使会害怕哭泣，多多少少也会鼓起勇气自己面对问题，勇气不就是这么一点点积累起来的吗?

我宁愿步步的眼泪都在
她小时候和我拌嘴争吵时流光，也不希望她
长大了做一个坚强的人，
日后因为自己的性软弱而受挫流泪。

鱼市不相信眼泪

去之前做了功课，马累是马尔代夫的首都，也是世界最小的首都之一，小到没有自己的飞机场——马尔代夫的飞机场是建在隔邻的瑚湖尔岛。

马累面积只有 1.5 平方公里，还不如杭州西湖大。袖珍国都的一大好处就是永远不会堵车——在这里，汽车似乎是多余的，人们不是骑单车就是走路，街道虽小，倒也不觉得拥挤。

通常游客不会在马累停留，他们大都是在上飞机前到这里匆匆逛上一圈，我因为好奇马尔代夫当地人的日常生活，所以选择在马累多待一天。

因为曾受英国管辖，马累的少数建筑依旧保留着浓厚的英式气息，房子造得又高又窄，门窗刷成鲜艳的蓝绿色，和周围的白色珊瑚礁相映成趣。

鱼市是马累最有特色的地方，也是观光客不能不去的地方。渔产的拍卖集散地，每天近黄昏时此起彼落的叫卖吆喝声，是最接地气的马尔代夫。

带着步步逛鱼市，这里俨然是一座小型的鱼类科普展览馆，我们见到各种叫不出名字的鱼，我正热情洋溢地为她做讲解，她却趁空一溜烟地跑出了市场。

老婆拉着她询问，原来是市场内的鱼腥味道让她觉得不习惯，不喜欢。她一如既往地使起小性子，怎么劝说都不愿再踏进鱼市。来到鱼市怎么可以怕腥？

我的倔脾气也上来了，坚持要她把市场逛完，于是我们在市场门口起了争执，软硬兼施，步步总算是认可了"市场就会有腥气"、"腥气不是不能忍受的"，其实这也正是我希望她能够学会面对的——适应环境。

类似的争执偶有发生，步步和我脾气都很倔，每当我们争得不可开交时，老婆作为中间人出面调停，私下里，她也会抱怨我太严厉，老是把步步训哭。

之所以这么做，除了坚持自己的教育之道，我的确藏了一点点私心——我总觉得，或许人生种种都有定数，譬如赚多少钱，活多久，流多少眼泪，那么我宁愿步步的眼泪都在她小时候和我拌嘴争吵时流光，长大了便做一个坚强的人，也不希望她日后因为自己的任性软弱而受挫流泪。

4 第一次没有妈妈的旅行 【云台山】

2014 年 4 月，河南焦作，云台山，步步 7 岁，第一次离开妈妈的旅行。

去云台山原本是借着工作之便的一家三口小度假，结果老婆临时要加班走不开，于是变成我和步步的二人世界。

独自带步步出行，这是第一次，宣布这个决定的时候，爷爷奶奶、外公外婆都投了反对票——"你哪里知道照顾小孩呀！"

"这可不是去公园玩半天，你真的能照顾好她吗？"

"小孩子的能力远远超出你的想象，要相信她和我！"

我力挽狂澜，一意孤行地坚持要带她出行，其实也是存了些许私心：想感受下独自带她出游的体验，或者说，享受下步步在没有其他外力可依靠时对我的百般依赖。

于是，第一次父女出游就这么愉快地决定了，离开了妈妈的照顾，我们踏上 Man 式旅途。

体温 38℃，走不走？

可惜的是，事情总不会像我想的那么顺心：出发前一天，女儿突然发烧了。在那个当下，我真是万分纠结。

这可是我第一次单独带 7 岁的女儿远行，除了工作拍照外，还要照顾她，虽然在全家面前打了包票，但心里本就不太有底气，她的发烧简直把所有计划都打乱了。

老婆围着步步劝说她不要去了，除了路上舟车劳顿，到了目的地还要爬山，"你肯定吃不消呀，妈妈会担心的"。她没说出口的后半句用眼神表达了：尤其是把你交给你爸这个连自己都管不好的人，怎么能放心呢？

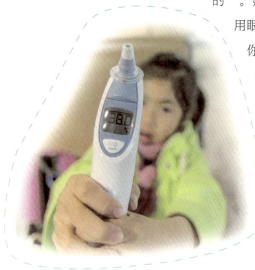

其实我心中也是万般矛盾，一方面很想有这么一次和步步单独旅行的机会，创造一些属于我

们的回忆；另一方面也很担心，步步虚弱的身体要是到了当地严重不适，我该怎么兼顾照顾她和外出工作这两件事？

和老婆以及自己内心斗争了一番，最后我还是咬牙决定：只要出发那天步步没有发高烧，我就带着她出发。

直到登机前，在机场候机的时候，我仍然时刻监控着她的体温情况——38℃，一个危险但又勉强可以一试的数字，我们终于还是出发了。

那些妈妈不准的事

有着"盆景峡谷"之称的红石峡汇集了云台山最美的景色，当然，也汇集了最多的游客。

峡谷两边峭壁林立，谷内飞瀑流溪，这里融合了北方山川的雄浑和江南水乡的秀美，要不是接踵而至的游客簇拥着我们不断前进，还真想停下来静静欣赏这难得的风景。

峡谷里的岩石呈现出鲜艳的红色，这让步步觉得无比新奇，当我告诉她这种现象属于丹霞地貌后，她又开始问个不停：什么是丹霞地貌？为什么会这样？颜色会变化吗？……

第一个问题就难倒我了，便老老实实地告诉她我也不知道，找了个角落，借助手机和她一块儿找答案，我把网上搜索来的资料尽可能简单地说给她听，虽然看起来仍旧似懂非懂，但她不再发问，还口气很大地说："等我认字了我也会上网找答案。"

小寨沟景区有十多处瀑布，据说云台天瀑是国内落差最大的瀑布，在寒冬季节里，瀑布还会冻结成冰瀑，可惜我们去的时候是春天，看不到那么壮观的画面。

山中除了瀑布，还是三步一泉，十步一潭，我们被如织的人流挤到谷底水潭边时已经是中午。我检查了一下步步的体温，情况良好，一上午的爬山倒让她精神了不少。

就地休息的时候，我们简单地啃了点饼干，不幸的是，步步用我的手机自拍了"和爸爸吃午餐"的温馨照片发给妈妈，三分钟后，老婆一个电话追杀过来："你居然就给她吃饼干！这么没营养的东西！……"

下午，游人散去了一些，我们也多了些僻静处可以休息。

当我们经过第 N 个水潭的时候，步步实在经不住那汪碧水的诱惑，再三央求要下去玩水，心软的我再次给她测了体温，显示情况良好，也就同意了。

和她一道脱了鞋子跳进水潭玩起来，一块儿在石头上印下我们的脚印，纪念这次珍贵的父女旅行。后果就是晚上步步和妈妈通电话，兴高采烈说起了在水潭玩的事，结果我又挨了一顿批："步步发烧你居然还让她玩冷水！"

捧着电话诺诺检讨的我觉得自己可真委屈：咱当爹的风格，不就是先玩了再说吗，只要当时她觉得高兴，爱咋玩咋玩，你看步步今天一天玩得各种开心，一点儿看不出感冒发烧的样子，不也挺好的吗？

一千级台阶

　　茱萸峰是云台山最高的山峰，也是景区内的主峰，这里古树参天，植被茂盛，空气非常清新，唐代诗人王维那句"遥知兄弟登高处，遍插茱萸少一人"中的"登高处"指的便是这里。

　　通过茱萸峰的必经之路——叠彩洞，据说由大小 19 个洞组成，首尾相连、曲洞连环，上下落差近千米。沿途有些山路颇为陡峭，走到 1/3 处，我们停下来略作休息，啃了一根黄瓜补充体力。

　　走到半路，步步实在有些累了，刚凑过来想让我抱，几个路过的游客对着她一通夸奖："好厉害的小姑娘，能够自己爬上去，太勇敢了！"收下了路人的夸奖，步步便不太好意思央求我抱，我顺着路人的话鼓励她："上山的路有一千级台阶，你们班上的小朋友一定从来没有做过，你要是坚持下来，回去后就可以跟他们炫耀啦。"不知道是路人的表扬还是我的鼓励起了作用，她虽然一脸不情愿，但还是继续慢慢前进。

　　爬到 2/3 处，步步的情绪明显高昂了许多，因为地势高了，沿途可以看见很多别处没有的风景，加上我继续一路鼓励着她，走得也不算艰难。

快到山顶的那段路着实有些不好走，特别是有一段陡坡，倾斜度接近45°，步步站在坡前惊叫，觉得自己不可能爬上去。无奈之下，我唯有连哄带骗，连拖带拽地拉她上去，最后，我们手脚并用地爬到了山顶，虽然姿势不怎么美观，但是登顶就是一种胜利。

看着站在山顶傻乐的步步，我也觉得骄傲，这还是那个上三楼都要奶奶抱的小鬼头吗？最欣慰的是能够纠正她依赖人的坏习惯，山路也好，人生也好，都不平顺，学会面对坎坷和困难，对她而言，也是一种成长吧。

总有一天她会独自远行，
离我而去，我能够做的，
只有珍惜和她的每一次牵手，
珍惜我们在一起的时光。

牵手的时光

或许是爬山太消耗体力，步步回到酒店一沾枕头就沉沉睡去，完全不需要人哄。

次日清晨，我们起了个大早，爬到山顶的万善寺，这座建于明代万历年间的古寺对步步来说并没有太大吸引力，我们便早早下山赶飞机回家了。

到家后，刚一进门，激动又担心的妈妈和爷爷奶奶就把步步围在中间，又是测体温，又是摸额头，嘘寒问暖，生怕我虐待了她似的。这时候步步的烧差不多已经退了，感冒也好了大半，老婆虽然一脸担心，还是把步步大大地表扬了一番。

于是，就这样牵着手，我们父女俩一起走完了三天的旅程。行程很短暂，留给我的体验和感受却很深，单纯的文字描述甚至表达不出我内心十分之一的复杂心情。

在日常生活中，总有太多的杂事牵扯了我太多的时间和精力，对于步步，我总会因为没有给她更多的关怀和时间而遗憾，所以我越来越喜欢带着她去旅行，虽然会有诸多不便，但在旅途中的相处、沟通以及感情上的交融都会有满满的收获。

　　这三天里，步步克服着感冒发烧的不适，和我一起翻山越岭，她那么乖，大多数时间里，她默默地拉着我的手等待着我，当她累了或是身体不舒服，她会拉拉我的手，等我蹲下来询问，她会把小小的身体放松地往我身上一靠，凑到我的耳边轻声细语。

　　妈妈不在身边的日子，她是那么信任和依赖我。每当她把小手放在我的手心，我都能强烈地感受到那份她对我的依赖，彼时彼刻，牵着她的小手，享受那份只有我俩单独相处时才有的温馨情感，会是我记忆中永远留存的美好瞬间。

　　随着年龄的增长，她会越来越独立，总有一天她不需要再牵着我的手，她会独自远行，离我而去。作为父亲，有时候还真的不想她长大。

　　我唯一能做的，只有珍惜和她的每一次牵手，珍惜我们在一起的时光。

　　身为爸爸的你，不妨给自己创造一次机会，带孩子看看别处的风景，在路上，你们会更加了解彼此，这将会是你难忘又珍贵的美好回忆。

第 二 章

拼出假期去旅行

每次晒旅游照，总有人羡慕，问我怎么有这么多时间出去玩。

也有人酸溜溜地说，还是你这工作好啊，假期多，老能带着孩子出去玩，我就不行啦……

其实我和大部分人一样，有忙碌的工作，一年到头只有两个长假——春节和国庆，其余法定假期是固定的，年假屈指可数，或许，我比别人擅长的是拼拼凑凑，给自己和步步留一段假期。

每年你都有三四次长途亲子游的机会：

春节假期、"十一"长假、年假，这些假期连头带尾都可以超过7天；

以年假10天计算，分两次休假，一个5天年假带头尾周末就有9天假期，足够带孩子来一次长途旅行。

除去寒假和"十一"长假，孩子唯一有的假期就是暑假了，所以我把年假都留到七八月，提前做好规划，就能给步步一个很充实的暑假了。

不要羡慕别人的旅行，自己赶紧行动起来，谋划一个适合自己的旅程，做个聪明的旅行者吧。

❶ 在那孔雀盛开的地方 【大理】

我一直觉得，大理是一个被过度解读的地方。

有人来这里寻找旅行的意义，有人来这里逃离一成不变的生活。

太多的人来大理总想要得到些什么，一段风景、一则故事，无论什么都好，似乎"大理"两个字就有一种魔力，可以帮助他们变成更有趣的人。

其实不会啊！

话题有点跑偏，想说的是，如果不添加这么多的符号和标签，大理还是一个不错的短途出行选择，这里有水墨画般的苍山洱海，极具少数民族风情，民风淳朴，比江南粗犷，比北方秀美，所以，考虑再三，我决定把清明小长假的5天留给大理。

当然，最终的决定权还在步步，我把备选的几个地点呈上，她小手一挥画了一个圈：就是大理了！

大理古城：问不完的为什么

东南西北四个城门，围起了大理四通八达的商业街，每一天，无数的人游荡在这四个城门之间。

在城门口站上三五分钟，从眼前走过的人基本可以分成两种：紧跟小彩旗的旅行团游客，背着大包眼神游离的文艺青年。

此次出行的基调就是一家人懒散地度个假，我们融入游客之中，跟着人流在大理古城里闲逛。

第一次带步步出门就是在云南的香格里拉，好像就是从那时起，习惯了每到一处都给她买一些民族服饰，把她打扮成当地小姑娘的样子，带着漂漂亮亮的她逛街，这也是步步旅行中颇为重视的大事。

在大理老城做的第一件事就是给她买了顶白族的帽子。

一路看过来，发现白族的服饰特别精神好看，以红白两色为主，最好看的要数白族姑娘戴的帽子，用服饰店老板的话说，"这帽子讲究的是风花雪月，帽檐边垂着的穗子是下关的风，大红的花饰是上关的花，雪白的帽顶指的是苍山雪，帽子弯弯的造型是洱海月"。

其实步步早就相中这顶帽子了，没等老板摇头晃脑地介绍完，就眼巴巴地拽着我的背包示意了。

戴上新帽子的步步心情特别灿烂，主动跑到镜头前配合拍照，一会儿又跑到附近水池和几个同龄人打起了水仗。

还不到半小时，她哭丧着小脸蹭到我腿边："爸爸，我的帽子不见了。"

看着她一脸心痛地四下里寻找帽子，我都不忍心责怪她了，平时她都会把自己的东西管得很牢，所以丢了东西，最不开心的就是她了。

找了好一会儿，步步终于意识到新帽子找不回来了，垂头丧气地蹲在地上掉泪，趁老婆摆事实讲道理时，我偷偷跑去买了顶一模一样的帽子塞给她，完全无视老婆丢过来的大白眼。

与此时此刻步步崇拜又感动的眼神比起来，教育什么的可以先放一放！

住的客栈是出发前在网上订好的，选它是因为喜欢中庭那个采光很好的小院子，事实证明我选的没错，步步很喜欢靠在院子里的长椅上晒太阳，虽然她在家里的时候从不晒太阳。晒太阳的时候，我随口念了墙上印着的云南十八怪，结果简直像戳中了马蜂窝，步步十分认真地从第一怪开始提问，为什么要把鸡蛋用草串着卖？为什么不用袋子装呢？问到第三怪，我已经充分意识到自己的失策，假装要拍照溜走了，把她和她的满腹问题留给妈妈去处理。

云南人吃得又怪又辣，我特地点了几道招牌菜给母女俩长知识：生皮、野虫、椒盐蚱蜢，结果被嫌弃到尘埃里去了。步步一个劲儿问我："他们为什么要吃虫子？他们把虫子吃了那小鸟吃什么呀？"

虫子做的菜一上桌，她就尖叫着跑得远远的，最大的让步是愿意试吃一种苔藓类的菜，叫做树皮，不过也只是小小地咬了一口就尖叫着扔掉了。

正赶上当地节日"三月街民族节"，整个白天，街上各种演出层出不穷，我们一家也顺势围观了好几场云南少数民族的表演。期间，步步提了无数让我难以回答的问题，诸如，他们为什么戴这种帽子，老爷爷为什么要戴花，阿姨为什么要牵假毛驴，老奶奶为什么要背洋娃娃……

关于少数民族，步步有着非常多的好奇——白族人的衣服为什么这么鲜艳？为什么有的男人也穿裙子？为什么老爷爷赤脚不穿鞋？我们汉族也有这样的节日吗？为什么我没有汉族的漂亮裙子？

一连串的问题问得我也开始思考，为什么我们这个人口数量最庞大的民族反而最没有"特色"？

双廊：拥抱苍山洱海的世外桃源

画面的开始，一片浩瀚的星空。

镜头拉近：一颗蓝色的星球。

镜头迅速推进，穿过云层、烟雾，锁定北纬25.34°、东经100.13°处的一片高原。

镜头继续飞速推进：一片蓝色的海。

再近一些：一座湖中突出的小岛。

不断拉近：一座沿湖的大理石城堡出现在画面中。

阳光斜射在城堡突出水面的平台上，一张原木靠椅上，一个男人懒洋洋地半靠半倚着，正自由自在地享受洱海的宁静和阳光。

好吧，这个男人就是我。

此时此刻的我，舒坦得连手指头都懒得动一动，真希望自己是一块岩石，躺在蓝色的洱海边。

这几日，我们在双廊。

双廊最不缺的就是艺术家，他们来了又走，少数人留了下来，经济宽裕的在当地建起自己的别墅，更多的人选择在双廊租房子住，尤其喜欢住进白族人家中，像当地人那样生活，或许是希望借此从中汲取某种灵感。

据说油画家赵青是最早在双廊造房子的一批人，然后便是舞蹈家杨丽萍，紧挨着赵青的"青庐"，她建了一座极具个人风格的"太阳宫"。青庐和太阳宫，占据了双廊最好的位置。

如果之前镜头中的画面切换到垂直角度，你会看见一座大理石堆砌的青色城堡凌驾在洱海边的礁石上。外观四四方方的城堡中央有一扇巨大的圆形拱门，一个菱形平台自拱门中向海面探出去，阳光洒在平台上，反射出一片暖烘烘的金色光芒。

我们就住在杨丽萍的太阳宫中。

身在太阳宫的露台，时而低沉时而高亢的乐声从平地蹿向高处，继而落下，从拱门中流出，沿着露台落入海中。

在这里住了几日，发现工作人员都是双廊村里的白族姑娘，热情活泼，村里哪家的菜好吃，哪家酿的酒最醇，哪家的老人最爱小赌怡情，都不用你多问，叽叽喳喳地一股脑儿和你分享。她们的这种热情感染了一向有些怯生的步步，第二天早饭时她就已经和几个大姐姐混熟了，还收了好几朵姐姐们手工编织的头花。

在双廊的最后一个下午，我照旧躺在院子里的长椅上晒太阳放空，步步在院子里跑来跑去，过了一会，我感觉四周出奇地安静，转头一看，她正蹲在地上，屁股撅得老高，非常认真地盯着地上的一群蚂蚁。

等我第二次回头，大半个下午就在白云飘飘中过去了，而她居然还保持着同一个姿势在看蚂蚁。老婆递过去一瓶水，她这才稍微转开眼一会，喝了没几口，她小心翼翼地往蚂蚁堆里喷了一口水，自言自语道："蚂蚁一定也口渴了。"

在这个异常宁静、生活节奏异常缓慢的小城里，平时爱闹腾的步步好像被环境感染，也变得安静了许多。不过，一下飞机回到家，一秒钟就又变回那个咋咋呼呼的小魔王了。

❷ 坐游轮和公主吹海风 【日韩】

2012 年 8 月，我们一家三口计划乘坐歌诗达维多利亚号游轮，从上海出发，途经济州岛、釜山、大阪和歌山。

最令人期待的当然不是这些目的地，都说游轮是成人的童话，而我能想到的最浪漫的事，就是迎着海风，牵着心爱的小公主纤细的小手一起慢慢向船头走去。

强劲的海风带动起欢愉的气氛，远处的天空渐进地变红，太阳即将从海平面升起。我牵着公主来到船头最前端，此时，太阳刚刚露出第一缕金光，我扶着她的腰站到更高处，从后面轻轻搂住她，公主慢慢回过头，用那双被海风吹得微微眯起的大眼睛望向我，眼神充满依恋，一双世界上最美丽的小手轻轻抚摸我的脸，"爸爸"。

好吧，我承认这都是电影看多了的臆想。

事实上，这个暑假，我和老婆确实带着步步度过了一段游轮生活，只是那美好的一幕永远停留在想象中，带着几分梦幻色彩的游轮，还真像是长大成人后留给自己的一个梦想，一个童话。

起航，海上狂欢夜

第一次踏上这么大的游轮，步步的小脸上满是喜悦和好奇，游轮上的角角落落都想去看看，各种娱乐都想去体验一把。

剧院、电影院、图书馆、网球场、SPA、健身房、温室花园、棋牌室、迪斯科舞厅、赌场、商店和免税店……几乎所有你能想到的娱乐设施，游轮上都有。还有专为小朋友们准备的思高俱乐部，这里有来自不同国家的老师陪玩耍陪聊天，还准备了丰富的游戏。在游轮上，经常碰见家长们把孩子托管在思高俱乐部，夫妻去享受一段难得的二人时光。

这次的游轮之旅，我们与朋友一家结伴而行，朋友家有个与步步同龄的小男生小郎。有小伙伴陪伴，步步和小郎都很开心，身为家长的我们也轻松不少。

游轮缓缓驶入济州岛的港口，我们来到了此次旅程的第一站，济州岛。

远远就听到了传统的韩国鼓乐，码头的空地上一支身着韩国传统服饰的舞蹈队正跳着民族舞蹈欢迎游轮的到来。

除了歌舞欢迎，韩国人的服务也做得很到位，游轮到达济州岛的前一天，已经有各种类型的旅行团供大家选择，码头有去往不同地点的免费大巴，因为停留时间较短，我们没去景点，只是下船随意走了走。

游轮上的剧场每天都有不一样的演出，各个大厅都设有和游客互动的节目，就连餐厅的工作人员也时不时即兴来上一段表演，生怕我们觉得无聊。

暮色中，天空渐渐从淡蓝变为深蓝，然后是浓墨的黑，海水也随之变得深邃。游轮离开济州岛码头，重新驶入大海。站在船边望出去，海与天逐渐没了分界线，游轮像静止一般地前进。

一段新的航程就这么开始了，天色渐暗，船上的气氛反而越发热烈了起来。

节奏感强烈的电子音乐从船身蔓延到甲板，游轮上的舞蹈老师带领大家舞动起来，一群人在甲板上兴奋地扭动着身躯，一个小女孩也在人群中奋力地舞蹈。

　　狂乱的海风吹乱了她的头发，或许也吹乱了音乐，步步自顾自地奋力舞蹈着，她的乱舞完全没有跟随音乐节奏，甚至超越了海风的狂乱。

　　她尖叫、跺脚，用力地甩头——我好像还从来没有见过她玩得这么疯，这么用力地尖叫狂跳。说来还真奇怪，明明白天下船闲逛的时候一路喊累，不停抱怨走不动，最后还是我连拖带抱才回到船上，怎么音乐声一响起来，她又嚷着要去跳迪斯科了呢？

　　实在很好奇，究竟这 20 世纪 80 年代的复古娱乐节目对小孩子有些什么吸引力呢？

走走停停的游轮

经过一夜的航行，一大清早，游轮停靠在了第二站：釜山码头。

下船处设有问讯处，有会说中文的工作人员热心讲解，我们领取了一份中文地图，大致讨论了下当天的行程就出发了。

门口的免费大巴分两条线路，分别前往两个最繁华的街区。我们搭大巴到了市中心，换乘地铁去海云台沙滩。

海云台沙滩浴场可以说是水泥森林里的一片绿洲，很难在一个繁华的大城市中心地段遇见这么一大片海滩。

海风席卷着海浪，轻轻拍打着这座幸福的城市，蓝天、阳光、沙滩，两个小鬼头已经在沙滩玩起了沙雕，要不是时间紧张，我也好想下海游几圈。

我们还顺道去了釜山海洋馆，虽然不是很大，但里面形形色色的海洋生物还是让步步兴奋不已，到处乱蹿。

第一次近距离看到水母，步步贴着玻璃盯了好久，紧紧拽着我的衣角发问，可惜我对水母也不太了解，只好答应她回家一起查资料找答案。

就在我牵着她离开的时候，好像是第一次，她意识到有过几面之缘的大海原来藏着这么多神奇的生物。

　　每到一处给步步买民族服饰的习惯还得延续，为了选一套母女都满意的韩服，我们错过了游轮的免费巴士，只好打车回码头，上车才发现携带的韩币已经用完了，幸好釜山的出租车能直接刷卡，要不可就尴尬了。

　　沉沉暮色中，我们再次起航，再见了，釜山。

　　　　　　游轮停靠的第三站是大阪。下了船，在换乘的地铁上，步步和小郎背着书包看着地图，还煞有其事地讨论起来，把我们逗得不行。

　　　　　　大阪城公园位于城市中央，有一片非常大的草坪，据说是春天赏樱的圣地，可惜8月才来的我们无缘见到落英缤纷的景致。

　　　　　　公园里的天守阁颇有来历，建于16世纪末，17世纪曾因战乱被烧毁，20世纪前半期得以重建。走进天守阁内部，一至七楼都是历史资料馆，展示着当时的武器、盔甲和民俗资料，不过小孩子对这些并不感兴趣，他们更喜欢八楼的瞭望台，可以俯瞰大阪全景，看起来很有气势。

在大阪历史博物馆，一个保洁大叔穿着全套古装武士的行头，引得小朋友争着把手边的垃圾送到他手里，步步为了凑热闹，硬是把我手里没喝完的矿泉水拿去讨好武士大叔，不知道这套模式搬到国内会不会也这么吃香。

心斋桥商业区是大阪最大的购物区，这里集中了大型百货店、百年老铺、精品屋和专卖店，从早到晚熙熙攘攘，挤满了市民和游客。石板铺就的人行道、英伦风格的路灯和成排的砖造建筑物看起来很有异国情调。本想给步步买件和服，逛了几家店，价格实在棘手，还是理智地放弃了。

在大阪市中心，天保山摩天轮是我们的最后一站，也是步步最喜欢的一处。

高达 112.5 米的天保山摩天轮曾经是世界上最大的摩天轮，如今排名第一的是英国伦敦眼摩天轮。

登上了这个巨无霸，脚下的高度不断上升，大阪港的全景逐渐平铺在我们的下方，港口上那些巨大的货轮、集装箱、桥梁都变成了小小的乐高积木，傍晚的城市正在慢慢亮起来。这是步步第一次坐摩天轮，出乎我们意料的是，她非但没有害怕慌张，还一直扒着玻璃往下看，对于这惊人的高度也丝毫不胆怯。

拜访猫站长

从日本东南部的和歌山县到西部的纪之川，坐火车需要 30 分钟，尽管这个地区并没有什么特色，却吸引了世界各地的小朋友前往，因为这个小小火车站有一位猫站长。

和歌山是游轮停靠的最后一站。早在出发之前，步步就把"拜访猫站长"列入了自己的行程中。

据说站长小玉每天的任务就是在它的"办公室"睡觉，它睡觉时懒洋洋的可爱模样，居然让这个小车站声名远播，扭亏为盈。

说真的，我对日本这个热爱卖萌的国家真的有些无法理解，一只杂色猫，整天赖在售票亭睡觉，居然也有粉丝千里迢迢从世界各地赶来膜拜。还有猫徒弟 Nitama，负责在站长小玉"休息"的时候顶替工作：睡觉和接见粉丝。

不过，卖萌也是讲究方法的，整个车站被设计成猫的形象，就连

列车也有三个主题：草莓列车、小玉列车和玩具列车。

我们搭乘的列车就是以喵星人为主题的小玉列车，车厢更像一个儿童游乐园，车厢内外印着各种瞪着大圆眼睛的喵星人，座位全都铺着喵星人最爱的软垫，还设置了小小的站长工作室——猫笼。在和歌山火车站9号站台乘直达火车到贵志站，然后跟随地上的猫爪印就能见到传说中的站长。

步步在充满卡通元素的车厢里玩得不亦乐乎，有了喵星人，车厢内的一切都特别具有吸引力，车到站的时候，她赖在座位上舍不得下车，不只是她，同车厢的孩子们都哀嚎着不肯下车，家长们都是一脸无奈又好笑的表情。

排队和站长握爪后，步步一步三回头地被我们拖着离开了这个卖萌无极限的车站，一路上心心念念地问："杭州什么时候也开通这样的列车呀？"

告别了猫火车站，再次回到游轮，步步扶着甲板上的栏杆望着码头，带着一点小失落说，下一次下船就是回家了。妈妈为了转移她的注意力，把带来的好看裙子一股脑搬出来，和她约好第二天拍美美的照片。

在游轮的最后一天成了步步的狂欢日。之前几天都忙着下船转悠，这次有一整天的时间在船上。一大早，老婆就给她换上了印度裙、韩服，几乎把行李箱里好看的裙子都换了个遍，一家人从船头拍到船尾。

步步站在船头，双手扒着船舷，迎着海风唱歌，不光是我们，周围的游客都被她感染了，都感觉无比欢乐，大家一起尽情享受大自然赐予的欢乐时光。

❸ 海里长大的孩子 【马来西亚仙本那】

在大海中央，有一块平地，水深只到膝盖。

在大海中央，慢慢溜达，心中宁静。

在大海中央，住着一群没有国籍、没有身份的人。绚烂的阳光下，他们的笑容那么灿烂。

在大海中央，不管你有钱没钱，都能享受快乐似神仙的逍遥。

仙本那，马来西亚东边的一个小镇。

这里通常只会吸引两种人：潜水的和摄影的。

2013 年暑假，我们一家在这个最纯粹的海岛过了一个神仙般的夏天。

自讨苦儿

父女旅行
成长心历

094

不一样的水底世界

凌晨到达亚庇机场，此时的步步半睡半醒，有些迷糊。

出发之前上网做了功课，考虑到仙本那岛上的酒店和水屋性价比不高，何况自己还安排了三天的潜水课程，综合各种因素，定了镇上最好的酒店，100 多令吉一晚，条件和国内三星级酒店差不多，性价比还不赖，整个行程结束后越发觉得这个决定是正确的。

仙本那是世界有名的潜水圣地，这次我也打算考个潜水证。三天的潜水课费用折合人民币 2 000 元左右，教练都是华人，所以交流都不成问题。

在我学潜水的附近海域，老婆和步步在船边上浮潜，教练用救生圈拖着她们玩。

我钻出水面休息的时候，步步兴奋地扑过来嚷嚷："水底下有好多好多彩色的鱼！还有大海龟！"

趁着她被兴奋冲昏头脑，我再次提议带她去浮潜，之前她对我的提议总是心存疑虑，很不信任的样子，当她听说还可以看到更大的鱼、更美的珊瑚，便一口答应了下来，还主动表示要跟着妈妈学游泳。

海底世界的魅力的确非同凡响，能让一直抗拒潜水也不愿学游泳的步步主动要求学游泳——当然，这也在我的计划之中。

上次去马尔代夫的时候，步步年纪小，胆子更小，没能领略海底世界的奇妙。这次出发前，步步再三强调自己不喜欢游泳，害怕潜水。

当时我并没有反驳或是劝说她，我知道她对潜水的害怕源于幼儿时期的胆怯，但其实小孩子的适应能力也会随着年龄的增长而有所变化，与其在岸上苦口婆心地用道理说服她学游泳、学潜水，不如让她亲眼看到美好的海底世界，不断鼓励，制造机会，让她自己克服这些所谓的害怕心态。

当她发自内心地想要学游泳，比起被迫学习，效果可是事半功倍。

这次，体会到海洋魅力的步步胆子也变大了，一次次扎进水中，开心地在海中扭来扭去，像一条贪玩的小鱼。

上岸休息的时候，老婆和步步坐在船边，把吃不完的饭团丢下海喂鱼，很快她们脚边就聚集了一大群鱼。

一不留神，有只脸盆大的神仙鱼咬住了步步的脚趾头，我站得比较远，没留意到鱼，就看到她小脸发白，声音都变了，连声叫："我要上来，妈妈快拉我上来。"好在鱼的牙齿并不锋利，并没有造成皮外伤，冷静下来的步步很快释怀了，还主动帮"凶手"解释："它一定是没吃饱，把我的脚趾头看成饭团了。"

刚上船的时候，华裔教练 Ken 黝黑的肤色让步步有些害怕，连自我介绍时都是躲在妈妈身后。

经过一天的相处，Ken 对她非常照顾，讲笑话扮鬼脸让她放松，牵着她去看海龟、珊瑚，一天相处下来他们几乎成为好闺蜜了。

傍晚，结束了当天潜水课程的我吃力地爬回船舱，发现步步眼睛红红的，一副哭过的样子。老婆告诉我，刚才步步看到一只玳瑁的脖子被破渔网缠住死掉的模样，难过得哭了。Ken 告诉步步，在这片海，和世界上其他的海里，因为吃到塑料等垃圾死亡的海龟、海鱼不计其数，人类随手丢弃的垃圾都会对海洋生物造成致命的危险。

红着眼眶的步步拉着我的手认真叮嘱："老爸，你快点学会潜水，然后把海里的垃圾都捡掉，海龟和小鱼就不会死了。"

　　临走时，步步对新闺蜜 Ken 依依不舍地说拜拜，我也非常感谢这个给步步上了一堂最好的环保意识课的 Ken。

经历是最好的老师，让她意识到自己生活的幸运与富足，如果不是这样的经历，恐怕这简单的道理她也很难听进去。

海上吉普赛人

最初，想去仙本那，是因为看到一批照片。

照片记录着在那片美丽的大海中，有一群"海上吉普赛人"。去之前，我曾在网上搜索仙本那的海上吉普赛人，最常见的说法是：在仙本那附近的海域，生活着没有国籍、没有身份的巴瑶族人，据说他们不能上岛，只能一直居住在水上的高脚木屋里。

如此"原始"的生活让我非常好奇，一间大海中央的木屋，一条小船，就是全部人生了，这该是怎样的一种生活呢？他们真的像照片里表现的那么无忧无虑吗？

直到我用镜头锁定了巴瑶族人，用快门记录下他们的日常生活，我才体会到一种奇妙的满足感：

当你的世界简单到只有阳光、椰风、大海，真的会有一种超然于世外的轻松感。

我们在小镇的码头包了条船出海去拜访附近的巴瑶族人，离开码头没多远，就遇到一群在海里嬉戏打闹的巴瑶族小孩。

一个巴瑶族男孩闯进了我的镜头，这个在水里像条鱼似的小男孩自顾自玩耍，重复着每天在大海中的游戏，身畔的小船或许就是伴他长大的玩具。我追逐着他和他的快乐，短短一个多小时的拍摄，我拍了近千张照片。

欢笑、跳跃、潜水，我记录下他最快乐的瞬间，其中有好几次，他游得太快，我差点追不上。这种纯粹的兴奋与欢乐感染了我，拍照拍到兴奋是一件爽事，拍到满足是一件美事。

吉普赛人是在不停地流浪，在我看来，巴瑶族人更像是被流放，他们中的有些人终生都没有踏上过陆地。他们眼中的整个世界，是不是就是眼前这片蔚蓝宁静的大海？

爬上巴瑶族人的水上木屋，我们面前的屋子简单到简陋，除了四面木墙，屋内几乎没什么家具，而且木屋看起来也并不结实，感觉稍大些的海风就能把整间屋子带走。

在这里，和步步同龄的女孩肩负着做家务、照看弟弟的工作；同龄的男孩每天要外出捕鱼卖给游

客，换取些家用。步步把带来的糖果、文具分给当地小孩，看着近在咫尺的这些忙碌而贫穷的同龄人，此时不用我开口，她也感受到生活的差异。

从此以后，每次教育她知足常乐，我都会拿这次的经历举例，经历是最好的老师，让她意识到自己生活的幸运与富足，如果不是这样的经历，恐怕这简单的道理她也很难听进去。

在水上小屋拍完照片后离开，我们的小船开不到几百米就停了下来。原来是赶上了海上退潮的时候，露出海面的珊瑚礁包围了整个巴瑶族人的水上小村落，导游告诉我们，只能等退潮结束，海水再上涨的时候才能离开。

我们就这么被困在大海的中央，海面平静得没有一点浪花，海风若有似无地拂过，身在小船无处可去，反倒可以静下心来，像当地人一样感受着无所事事的时光。

或许是大海要我们停下来感受一下它独有的宁静。

仙本那的"格列佛游记"

仙本那海域有许多大大小小的海岛，最出名的四个岛因为有豪华度假酒店才被人记住。我们去了四岛之中的马步岛，这是其中唯一一个仍然有原住民生活着的岛屿。

马步岛距离仙本那不远，岛不大，一半是酒店，另一半就是岛上的原住民所在地。纯粹的海岸风景未免太单调，和原住民的生活结合在一起才是最原味的仙本那——至少我更喜欢接地气的仙本那。

据说马步岛上的原住民还分为两个族群，族群 A 的人比较勤劳，大多数人都外出工作，所以生活水平相对好些。族群 B 比较懒，得过且过，生活也过得比较贫困。导游教我们，区分 A、B 族最简单的方法是：当你从他们身边走过，会围拢过来伸手要东西的小孩属于 B 族，而站在原地向你微笑挥手的则是 A 族的孩子。

离开马步岛后，我们的小船停靠在一个很小很小的岛。

有多小？面积为 2 万平方米，5 分钟就能步行横穿全岛。

船一靠岸，几乎岛上所有的小孩都围拢到船边，好奇地打量着我们。身边正好还剩下最后一包糖果，我便让他们排好队伍，步步来分糖，一人一颗。晒得像小黑炭的孩子们带着羞涩的笑容，小声说着"Thank you"，双手紧紧握住一颗糖快乐地跑开。

意外的是，在这片一眼就可以望到边的白色沙滩上，居然满地都是硕大的海螺贝壳，都是在国内景区卖得很贵的那种大海螺，外形完好，色泽如玉。分完糖果的步步跳上沙滩，捡了一个又一个，小手很快就拿不下了，整个海滩除了海浪声、风声，就是她一阵阵惊喜的尖叫声："啊！又一个！老爸快来帮我拿！"

岛上的小姑娘提着一网兜的螃蟹来兜售，一袋30令吉，在我们看来已经是便宜得惊人，导游却劝我们先别急着买，下个岛会更便宜。

充满期待地，我们又来到了第三个小岛，这个岛叫做军舰岛，面积同样非常非常小，或许这个名字就在暗示岛的大小就是一艘军舰的面积吧。

闲逛到小岛的另一端，我看到一条小木船里兜着两条活鱼，看起来颇为可口。挥挥手招来船主，在双方语言不通的情况下，我们用手势开始沟通买鱼。

船主在沙滩上写下大大的50，我比着手势

表示要买条鱼，在沙滩上写下了 10。他把脑袋摇了又摇，划掉 50 写了 30，我也做了让步，写下 20。渔民露出惊诧、伤心的表情，表达对这个价格的不满意。

正在我们激烈而沉默地讨价还价时，步步远远看到我们在沙滩上用树枝写字，热情地一路小跑过来，挥舞着树枝在我旁边地上写下了一个大大的 60，小贩一看，立即欢乐地比出 OK 的手势，我连连摇手，表示这个添乱的小鬼说的不作数，扭头告诉步步："我们在砍价，不是画画。"

"你们为什么用树枝比价，为什么不说话呢？"

"因为这个大叔不会说英文，我也不会说他们的话，但是阿拉伯数字和手势是通用的，你看，只要灵活变通，我们还是可以和外国人沟通的。"

回到还价的正题，我踢掉了之前写的 20，用力画下了 25。这时，船主捧起了那条红色的鱼表示可以给我，不知道为什么，当下我就判断一定是另一尾咖啡色的斑点鱼比较好，于是又是一通比划，最后以 25 令吉的价格拿下了咖啡色斑点鱼，因为没有 5 令吉，给了他 30 令吉，表示再多要三条边上的小鱼，船主当即爽快答应。

晚餐之前，我们结束了一天的小岛游，回到了镇上。

我把买到的几条鱼拿到当地华人开的餐馆加工，付少许加工费即可。餐厅厨师告诉我们，我花 25 令吉买下的那条咖啡色斑点鱼是石斑鱼，足足有 900 克重，在餐馆 500 克就卖 100 令吉。

4 故地重游 【普吉岛】

2014 年的暑假，我在丽江悦榕庄拍摄的照片获得大奖，奖品是一趟泰国普吉之旅。

说起来，普吉岛可是我第一次出国旅行的地方。

那是 12 年前的蜜月旅行，在这之前，我很少出门，在老婆的鼓动下以蜜月的名义才第一次踏出国门。

从那时起到现在，12 年间，我们一家去了无数的地方旅行，如今步步都已经 7 岁了。

这一次，我们带着步步一起故地重游，带她来我第一次出发的地方，重温我们当年的记忆。

游泳，来之不易的技能

来普吉之前，为了让步步学会游泳，我们花了两个暑假，报了三次游泳班。

让她学游泳是少数几件我非常坚持的事，因为这是一种求生技能。

先是花了 1 000 多元给她报了个"一对二"的游泳初级班，在教练的指导下她好歹学会了打腿、划水等简单的动作。

初级班的课程一结束，我紧接着给她报了游泳大班巩固练习，然而大班管理松散，她的进步始终不大，在泳池里也就只会扑腾两下，就尖叫着"游不动啦"、"要呛水啦"，之后拼命往岸上蹭。

第二年暑假，一放假就给她报了"一对四"的教学小班，在我们日复一日的甜言蜜语＋威逼利诱＋苦逼陪练下，步步总算能够独立游上 10 米，算是学会游泳了。

虽然步步一直很喜欢玩水，但之前去了几次海边，都因为不会游泳而不敢下水，留下种种遗憾。这一次，学会了游泳的步步像是要把之前的遗憾都补回来似的，一天到晚泡在水里，要连请好多次才肯上岸休息。

我们住的是泳池别墅，庭院带独立泳池，步步每天睁开眼跳下床就直接扑进泳池里，用大力拍打出的浪花作为一天的开场白。

普吉岛的午后酷热无比，当地人都选择躲在屋内睡觉，我们则躲在别墅的泳池打水仗。步步在狭长的泳池来回游着，或许体会到新学会技能的成就感，她主动邀请不善游泳的妈妈比赛，让我做裁判。妈妈配合地做一个谦逊的输家，我大声夸奖了步步进步神速的泳技，一次次赢得胜利的愉悦让步步对游泳这件事越来越自信，不时地教育妈妈，"你要多练习呀"。

在普吉岛潜水的时候，老婆和步步照例在船上等我。有天因为风浪太大，我匆匆回到船上时，发现船摇得厉害，几乎没法在船舱里平稳站立。此时的步步却丝毫没被颠簸的小船影响心情，在船舱里玩得不亦乐乎，摇摇晃晃来回走动，趴在船舷喂小鱼。

看着她在水边放松开心的样子，欣慰之余，我又开始琢磨，什么时候让她学潜水呢？

看秀，别想太多

在普吉，我们带着步步看了一场人妖秀。

看秀之前，我发了微信朋友圈，看完秀出来一看，居然有几十条评论，很多人都讶异：怎么可以带小孩子看这个？

其实，泰国的分级制做得很标准，只要售票处有儿童票出售，就表示这场秀是适合阖家观赏的，我们看的这场"赛门秀"就是出售儿童票的。

演出结束后，演员们在出口处排成长队等着和散场的观众合影，赚些小费。步步早就选好了心仪的"漂亮大姐姐"，站在她身边合影之后，蹦蹦跳跳地买汽水去了。

人妖是什么？我内心一直担心步步会发问。

该如何解释人妖？又该如何看待这种现象？老实说，我也不知道该从何说起。

可事实上，这一切都只是我的瞎担心。由始至终，步步都没有抛出我担心的那些问题，或许对 7 岁的她来说，这不过是一场歌舞秀，"漂亮的大姐姐"穿着华丽的裙子唱歌跳舞，如此而已。只有大人，才会想太多吧。

步步更喜欢的还是幻多奇秀，除了表演中展现的泰国传统文化，最主要的原因是有很多动物参与演出，每次大象一上台，她就站起来伸长脖子张望。

步步很喜欢大象，这次我们住的酒店里也有一只叫做Lucky的小象。每天下午，Lucky都会慢慢走到酒店的草坪和大家嬉戏，这也是每天步步最期待的时光，经常抱着象鼻子不撒手。要不是条件不允许，我想她一定会要求我带一头小象回家的。

步步与枪的第一次亲密接触

有把枪，估计是很多男人儿时的梦想。

至少我是这样，小时候和小伙伴们挥舞着塑料手枪，喊着"啪！啪！啪！"装作东躲西藏都能开心到飞起来。这次普吉行之前，在网上查到可以体验真枪射击，赶紧预约，也算是圆一回儿时梦想。

手枪？射击？听了我的安排，步步表示兴趣不大，但也不反对陪我玩一会。指导员在讲解枪械的时候，她也在一旁认真听。不过，第一声枪响的时候还是把她吓了一大跳，等我开完两枪一回头，她早已跑得老远。直到我射击结束，她才慢慢蹭到我身边。

带步步来玩实弹射击这件事，老婆表示不太理解，我却有自己的考量。

首先，这是在国内接触不到的东西，我总是希望能创造一切机会让她感受新事物。小孩子对陌生事物的概念，光靠描述是很难达成形象思维的，只有亲身接触后才会有比较明确的记忆。

另外，我相信每个人都有擅长的事，都会有不同程度的天赋，而这种天赋需要我们创造机会去发现，再去培养。

我通常会鼓励步步尝试各种玩具，各种事物，其中任何一种兴趣爱好都有可能发展成谋生的手段。我并不赞成人去做自己缺乏天赋的事，成功概率低又辛苦。

做自己喜欢并擅长的事，并能够以此为工作，做起来也会更有愉悦感，这样的人生也会比较快乐吧。虽然老婆说我想得太多太远，可是事关步步的未来，我总会忍不住胡思乱想……

在普吉岛海边的时光总是显得无比愉悦。

快乐到极致会产生一种伤感，这一次我真切体会到了这种复杂的心情。

牵着她的手在海滩漫步，感叹光阴如梭，不知不觉中她已经7岁了，也不知道这样自由愉快的父女时光还能持续多久。

5 不一般的风景 【斯里兰卡】

2014年国庆，带老婆女儿与几个好友来到了惦记已久的斯里兰卡。

它是传说中印度洋上的一滴眼泪，不过我们倒是没有体会出这滴眼泪的苦涩，更多的是泪花中泛出的喜悦。

那滴眼泪还挺大，因为假期有限，除去往返花费的时间，我们真正在当地的时间只有5天，一路奔波太匆匆，略有遗憾。

飞机从杭州出发，到香港中转，经停新加坡到达斯里兰卡的首都科隆坡。

经过一次次旅行的考验，步步对动辄十几个小时的飞行毫无怨言。从最初的上飞机看安全须知到如今吃飞机餐前拍照留念，她倒是很能自娱自乐，饿了就吃，累了就睡，有时候比我们还精神。

飞机到达科隆坡是当地午夜时分，出机场的时候，一辆宽敞的面包车已在等候我们，锡兰之行就在这样一个午夜悄悄开始了。

第二章
拼出假期
去旅行

托着她爬上杆子的时候，杆子略有些斜，好几次她踩空了打滑，尖叫声把方圆十里的鱼都吓跑了。

高跷钓鱼，靠海吃海

这次在斯里兰卡的行程是朋友安排的半自由模式，每天的目的地都已定好，途中的行程完全自由，只要晚上到达预订的酒店休息就行。

5 天的旅途，我们拜访了南部海滩的加勒古堡、亚拉的野生动物园、努瓦勒埃利耶的高山茶园、康提的森林小火车。

旅行的节奏不算快，与其把时间花在景点走马观花，我更愿意背着相机牵着步步在当地的集市闲逛，走近斯里兰卡的生活。

从科隆坡出发前往南部海滩，我是奔着高跷钓鱼去的。

面色黝黑的老人坐在海中央高高的木架上，手里拿着钓竿，钓钩上却没有鱼饵——这就是斯里兰卡有名的高跷钓鱼。

高跷钓鱼人这个名称翻译自英语"Stilt Fisherman"，据说这是海边那些没钱买船的渔民想出的招数：在近海海滩上竖起木桩，每天清晨和黄昏，在海水漫过木桩前爬上去，坐在简陋的木架上，手持没有钓饵的鱼竿等鱼上钩，游弋在浅海区的沙丁鱼就是他们的猎物。

远远看去，这些钓鱼人像是脚踩高跷站立海中的世外高人，据说运气好的时候每分钟都有鱼上钩，且不说高坐木桩的垂钓方式本就十分霸气，单是用没有鱼饵的钓竿也能钓到鱼，实在令人称奇。不仅要有良好的平衡能力，还要经得住海风、日光的双重考验，同时还要留意水下的动静——我在无数的地方看到过类似的照片，这独特的画面也是吸引人们来到斯里兰卡的因素之一。

到了海边才知道，如今的高跷钓鱼已经演变成一项表演，只有当游客到来时，当地人才会爬上高架，摆个造型，赚取一些小费。

正当我全神贯注拍照的时候，远远过来一道白浪，明明只到膝盖的海水，瞬间就漫过大腿冲到胸口，我赶紧把相机举过头顶，看到我浑身湿透的狼狈样，整个海滩都响彻步步爽朗的笑声——你过来，老爸保证不打你！

拍完照，我盘算着也体验一下这高跷钓鱼的感觉。步步看到我把期待的眼神投向她，立马把头扭得跟拨浪鼓似的："不不不，我不要爬杆子！"

　　我大概发了一万个誓，保证她一定不会被海水打湿，她才勉强同意和我一起爬上杆子去体验一下钓鱼的感觉。事实上，托着步步蹚水还真挺不容易的，脚下的岩石坑洼不平，我每一步都踏得非常小心，几乎是用脚掌摩擦着石头蹚过去的。托着她爬上杆子的时候，杆子略有些斜，好几次她踩空了打滑，尖叫声把方圆十里的鱼都吓跑了。经过好一番费力折腾，我们才如愿双双坐上横杆钓鱼。

　　当地人给了我一根钓竿，还真是只有线没有饵，最不可思议的是，我举着这样的钓竿不到 10 分钟，还真有鱼上钩了！这些天真的鱼类到底在想什么！我和步步都震惊了！

这怎么行，旅游的乐趣之一不就是尝试各种陌生的味道吗？

在加勒集市尝遍千滋百味

加勒的出名，不在海滩，而在城堡。殖民时期，荷兰人在此建了一座占地 36 万平方米的欧洲风格城堡，如今已被列入世界文化遗产。

除了城堡，漫步在加勒的小镇上，一条小路，一扇窗，都带着浓厚的殖民风貌，和碧海白沙搭配起来，颇有一种奇特的美感。

不过，在步步的眼里，沉闷的古堡哪里比得上走街串巷有趣。

于是我们离开加勒的旅游景点，到当地人生活的小镇上闲逛，逛集市、社区、学校，走入他们的日常生活。

逛到当地的一个菜市场，水果摊边摆着一根巨大的刚刚砍下的香蕉树枝，我本打算举起来摆个造型，没想到重量超出我的估计，差点闪了老腰，被步步一顿嘲笑。

趁着卖菜大哥起身离开，我"征用"了他的小板凳拍照，没想到热情的卖菜大哥迅速转身把他的本子和笔也一道塞给了我，用眼神示意我"做戏要全套"。

我赶紧喊来步步："快来买个菜吧。"步步刚走到秤前面，卖菜大哥眼疾手快地把一个购物袋塞到了她手中，此时此刻我是真心佩服这位卖菜大哥，"屈才啊太屈才了！应该去做导演！"

市场的菜贩们都非常友善，每在一个摊位前拍照，摊主都热情地捧上造型最好的菜蔬搭配入镜。

导游告诉我们，当地的酸奶非常有特色，吃完才明白，原来这个特色就是特别酸。步步小心观察着我吃酸奶的表情，机智地推断出"不那么好吃"的结论，于是怎么劝都不愿尝试。

这怎么行，旅游的乐趣之一不就是尝试各种陌生的味道吗？

为了吃不吃酸奶这件事，我们父女僵持了好久，试着相互说服。酸奶铺老板虽然听不懂我们的话，但是察言观色的功力还真不赖，转身就拿出一罐蜂蜜，示意步步用蜂蜜搭配酸奶吃。果然香甜的蜂蜜让酸奶变得酸甜可口，步步愉快地吃起了酸奶，我也只好花比酸奶贵很多倍的价钱买下了蜂蜜——这算是双赢吗？

在我们正要离去之时，边上一位老兄递过来一个外形有些像鸡蛋的果子，麻溜地"嗒嗒"敲开两个，塞到我手里一个，自己用大拇指在"鸡蛋"里抠出一块放进嘴里，一脸"我先干了你随意"的表情，高抬眉毛，示意我也来一口。

从惊呆中缓过神来，我发现自己处在一个骑虎难下的状态：

首先我完全没见过这玩意，保险起见我闻了闻——天哪，完全是苹果放了三个月腐烂发酵后的气味，闻得我心头咯噔一下。

再一抬头，边上这位大哥还在不停挑着眉毛，一副期待的表情，而我刚刚对步步发表了"旅游就要勇于尝试"的言论，此时此刻她也正仰着脸好奇地等待着我的反应。

硬着头皮，我照着他的动作尝了一口，入口的销魂滋味就不描述了，强忍着恶心咽下之后，我扭头想骗步步来尝一口，才发现她早已机智地躲出老远。

　　在后面几天的行程中，我得知这种水果叫木苹果，当地人很偏爱用它做饮料，相比果实，饮料的味道可正常多了。

　　在小镇一路走过，步步念叨着要买纱丽。我陪着她逛了路边的每一家纱丽店，可都没有儿童款的，除非订做，但我们的时间来不及了。

　　同行的女人们，不管几岁，一走进纱丽店，"整个人都不好了"，像是齐刷刷失去理智一般，摸着华丽的布料发出各种尖叫。纱丽店的老板却都见怪不怪，拿着硕大的计算器站在她们旁边热情地按出各种数字。

　　在我看来不过是一块布的纱丽，从几百元到上千元都有。

　　终于在我们放弃之前，买到了步步心仪的儿童款纱丽，换上新裙子的步步在古老的街道上蹦蹦跳跳，像一道美丽的彩虹。

亚拉国家公园里的动物王国

在去亚拉的路上，中途休息的时候，发现马路对面有一所穆斯林小学，当时似乎正是放学时间，从大门里涌出许多小孩子。

旅途中鲜少遇见大批同龄人的步步望着他们有些好奇，也有些胆怯，我拉着她穿过马路。看到长相打扮都很不一样的步步，当地的小孩子很快围了上来，他们煞有其事地用结结巴巴的英文交流，有几个胆大的孩子还伸出手来和步步握手，颇有两国领导人见面的架势。

在旅途中，我经常带步步去逛当地的学校，或是和路边的同龄小朋友聊天，很多时候，明明双方语言不通，却能够愉快地玩起游戏来，或许小孩子的世界是无国界的吧。

斯里兰卡南部的亚拉国家公园以丰富的野生动物而闻名，导游说因为此地依山傍海，资源丰富，所以动物品种特别多，最有名的要数趴在树上的金钱豹。

坐着改装后的开放式吉普，我们看到的第一个动物是大象。亚洲象的脾气很好，步步激动地冲大象尖叫挥手，其中一头大象还挥舞着鼻子"回礼"。据说因为这个季节食物比较少，工作人员给大象们加餐，果然开了没多久，就看到路中间一头大象从工作人员手里卷走一串香蕉。

导游说，因为季节缘故，很多动物都躲了起来。即便如此，这一路上我们还是遇到了不少步步只在 Discovery 栏目上看过的动物，比如梅花鹿、猫头鹰、孔雀、鳄鱼、蜥蜴……随处可见的大象、猴子早已不稀奇了。

公园里有一座水面开阔的湖泊，有很多树长在水里，露出光秃秃的杆子。据说湖里生活着大量鳄鱼，司机一再叮嘱我们不能在这一带下车，湖边树下就是人家鳄鱼的领地。看了又看，才发现树下就卧着一条眯缝着小眼睛的超大鳄鱼，保护色让它看起来像一块平淡无奇的岩石。

导游说当鳄鱼眯起小眼睛，就表示它随时准备伏击，新奇和兴奋让步步顾不上害怕，努力伸长脖子张望。

休息的时候，附近山丘上几条一米多长的巨型蜥蜴正在晒太阳，步步非但不害怕，还捉弄妈妈，故作神秘地拖她去看那条奇丑无比的蜥蜴，吓得妈妈花容失色，一路落跑。

用三个小时逛这个庞大的野生动物公园显然有些仓促，临走时，步步边走边叹气，嘟囔着看的动物不够多、时间不够久。"下次老爸带你去肯尼亚。"我向她描述了肯尼亚角马迁徙的壮观场面，原本就对大自然充满好奇的她，眼神半信半疑，带着几分期待。

扒着火车去康提

努瓦勒埃利耶是斯里兰卡著名的避暑胜地，位于斯里兰卡中部山区，因为海拔高，风景秀美，气候宜人，还有"东方瑞士"的美誉。

走在这里的小镇，好像有种怀旧老电影里的感觉。小镇保留了很多殖民时期的英式建筑，新造的住宅也沿袭着古朴的英式风格，干净的道路两侧是高大的树木，英式建筑隐在绿叶丛中。路上的人们慢悠悠行走，偶尔轻声交谈，感染着我们放慢脚步，享受这段被定格的怀旧时光。

我们搭乘当地火车从努瓦勒埃利耶出发，前往高山上的小镇康提，这一段路程可谓是斯里兰卡之行的神来之笔：火车在海拔 1 800 多米的原始森林地带飞驰，一边是悬崖，一边是茶园，天气时晴时雨，紧贴着车窗变换着的是石壁和树丛，偶尔还能看见瀑布。

忽然，车厢一黑，欢乐的尖叫声和扑鼻而来的煤油味充满了整个车厢。等到眼前一亮，火车穿过了隧道，才能深深吸上一口清新的空气。尖叫声又变回有规律的车轮碾压铁轨的声音。我们买了一等座的票，车厢内环境还不赖，有舒适的皮沙发和无线 Wi-Fi。不过，要体验当地的火车文化，还得去三等座。

三等座的车票便宜到让人无法想象，折合人民币只要几块钱。车厢内部像极了旧时的绿皮车，简单的卡座，狭小的空间站满了人，不过当地人都很友好，主动把座位让给我拍照。

步步紧跟着我溜到三等座，这是她第一次看到这样的火车，我指给她看，"老爸小时候坐的火车就是这样。"

火车的速度极快，车上的年轻人像是更喜欢把身体挂在车厢外，危险又刺激。要知道火车可都是紧贴着山崖开，我也试着像他们一样把身体挂在车厢外，迎面而来的风充满力量，同时也没来由地令人兴奋。我第一次探出头去的时候，步步很紧张，小手死死抓住我的衣角，生怕我掉下去。当我探出身子去拍照，一整排挂在外面的年轻人都欢乐地做出各种表情、鬼脸，个个手舞足蹈。步步虽然不敢探出身子去，扒着车窗看火车外挂着的一排排做鬼脸的人们也笑到肚子疼。

究竟为什么当地人爱把身体挂在车厢外？我们一路都在猜测，是坐火车太无聊？还是他们天性活泼？或许两者都是吧。

所谓的危险地带，
小孩子不能去？

第三章

2013 年国庆，带着妻女自驾 7 天去坝上草原，出发之前，朋友都劝我，这么长途跋涉的旅行就别带小孩子了。

2014 年去伊朗过春节，孩子爷爷奶奶也不放心：听说大人都会水土不服，带孩子去不是遭罪吗？

其实，小孩子的适应能力远远超出你的想象。

而且，让孩子知道，旅行并不都是吃吃喝喝，我们的生活也不都是理所应当，世界各地的人们过着天壤之别的生活，我觉得，这事儿挺有必要。

① 7岁7天7 000里坝上行

2013年国庆，我们从杭州开车出发，途径天津、承德、坝上河北段、坝上内蒙古段、锡兰浩特、张家口。

自驾7天，行程3 500多公里，每天开10小时的车，后面几天里，我一度觉得有点吃不消，长途驾驶实在是太累人了。

让我想不到的是，7岁的步步表现得异常乖。每天坐车超过10小时，她居然没有吵闹，困了就在后座睡觉，饿了就找妈妈要饼干、面包；住的蒙古包没有厕所也没法洗澡，她也平静接受了；甚至愿意每天和我们一起吃大块的羊肉——在家的时候，她压根不碰羊肉。

一路下来，步步一天比一天更能吃苦耐劳，这实在太令我意外和惊喜了。我一度还自我反省，是不是把她想得太娇气了？

这份惊喜并没有持续太久，行程结束后，一回到家，她又恢复了那个"傲娇小魔怪"的样子。

不过，至少我知道了，她已经开始学着去适应、迁就环境，能自发地快速切换到吃苦模式，很好，是时候酝酿下一次的吃苦旅程了……

到现在为止，羊肉成了她最喜欢的食物之一了，对其他肉食也没那么排斥，妈妈再也不担心她偏食了。

坝上河北段：羊腿的滋味

坝上位于河北省承德和内蒙古的交汇处，出发前，稍微做了点功课，据说夏季风景最美，国庆正是秋天，万山红遍也是一种风景。每年 10 月，有成百上千的南徙大雁在这里短栖，野兔、鼹鼠、狐、豹也常在坡地草丛中出没。

步步一听说有小兔子可以看，就欢天喜地地开始收拾她的小旅行箱。"每天要开很久的车"这句话，我说得比较小声，就当她听到并认可了吧。

第一天，高速赶路。到达第一站天津机场附近入住，已是凌晨 2 点。

第二天，继续早起赶路。

直到第二天的傍晚，我们才正式进入坝上范围。

第一印象不是美丽的坝上秋色，而是一道收费的大门。

要前行别无他路，数百元的门票着实令人心疼。这还只是进入坝上的第一张门票，坝上跨河北和内蒙古两地，现在买的是河北段的门票，之后进入内蒙古还得再买票。

平时，步步坐车时间稍微久点就会不停追问什么时候到，就像唐僧一样在你耳边不停地嘀嘀，着实让人心烦。所以这次出发前，我再次很认真地告诉她，小兔子家住得比较远，所以我们这一路要开很久很久。她倒是平静接受了，一路不哭不闹。

　　同去的一个朋友是英文老师，一开始，我还想反正一路无事，顺便可以让步步学点英文。可苦口婆心地劝说了半天，她偏不肯，这时老婆很"公正"地说，要不你和爸爸一起学，看谁记得多。这下，她顿时就来劲了，"left"、"right"背得格外认真。

　　最近，只要是能把我比下去的活动，她都很来劲。看来，孩子妈已熟练掌握了这一习性并加以利用，内心给她点了一个赞。

　　进入景区前，我们在车上都还穿着短袖，进入景区后刚想下车在湖边拍照，就被寒气逼回车内，步步边喊冷边迅速裹成了球状。好在老婆心细，带了羽绒衣，小孩子渴了、饿了倒是可以哄一哄、忍一忍，冷热问题却是忽视不得。

　　饶是如此，湖面刮来的寒风依旧吹得我们瑟瑟发抖。

　　来到草原必须尝尝最有特色的烤羊肉啊！

　　到达的当晚，我们特地点了烤羊腿当晚餐，顺便说下，在草原的路边餐馆吃羊肉，真不贵，一份羊腿两百多元，满满一盆结实饱满的羊棒子，足够我们六七个人吃了。

　　步步平时不喜欢吃肉，在家的时候，为了哄她吃口肉，不知道费了多大力气。

这次为了忽悠她吃点肉，晚饭前，我就开始和朋友一唱一和，"等会点几份羊棒子啊？"

"羊肉这么香，必须每人一份啊，喔，除了我家步步，她不爱吃这个，给她点份土豆吃就好。"

"啊，不会吧，那多可怜啊，放着这么好吃的羊肉吃土豆……"

"随她去喽，她不吃正好省下钱来我多吃一份！"

说话间，瞥了一眼，步步在一旁假装玩耍，小耳朵竖得老高，表情略有一些纠结。

我真不是骗人，晚饭的确是打算吃羊肉大餐的，当然，我也是计划好要扭转她不吃羊肉的习惯。

晚饭时分，羊腿一上桌，大家一阵欢呼，哄抢起来。羊肉烤得酥烂，鲜香软糯，好吃到桌上所有人都不说话，抱着羊棒子不撒手，只有步步两手空空，一脸好奇地打量我们。

一轮吃下来，大家都对羊肉赞不绝口，步步眼巴巴看着我啃得满嘴流油，眼神早已流露出嘴馋的信息，不过她也蛮倔的，一直强忍着不说，眼看我手里的羊棒子快要变成一根干净的骨头了，她才迟疑着扯了扯我的衣服，"羊肉是什么味道的啊，我还没吃过呢。"

我故作惊奇，"咦，以前家里烧过羊肉啊，你不是说你不爱吃吗？"

"可是我没吃过这个啊。"

"好吧，那就给你尝一口。"我"很不舍"地扯下一小块羊肉给她。

她飞快地咽了下去，继续扯我的衣服，表示还要。

"咦，你不是不吃羊肉嘛，干吗来抢我的羊肉呀。"我继续上演"不舍得"的戏码。

孩子妈配合地"劝"我，"你就给她再吃一块嘛。"

"她又不爱吃羊肉，给她多浪费，这么好的羊肉，我自己都不够吃呢。"

说时迟那时快，孩子妈跳出来扮好人，把自己的大半个羊棒子塞到步步手里，她得意地冲我一挥，开心地自己动手扯下羊肉，吃得分外香甜。

到现在为止，羊肉成了她最喜欢的食物之一了，对其他肉食也没那么排斥，妈妈再也不担心她偏食了。

大峡谷：带着椅子去拍照

第三天，天蒙蒙亮，我特地起了个大早，独自一人驾车开进迷雾之中，去寻找一个名叫大峡谷的地方。

据说，那是方圆百里最美丽的地方，可以看到草原上最美的日出。

在重重白雾中越开越迷茫，我索性随意开到一处地势较高的山头等日出。清晨的风很大很冷，透过天空的迷雾，太阳先是露出个小白点的雏形，渐渐地，淡金色的阳光透过浓雾射出来，斑驳地洒在空气中，慢慢地给面前的草原、山坡、树丛勾上金边，再慢慢涂匀。

看着眼前的美景从一幅朦胧的中国水墨画慢慢变成浓郁的油画，一个人独享风景的感觉实在有些寂寞，我赶紧开车回住宿地接上其他人，一起看风景。

再次出发前，我灵光一闪地从入住的农家借了张椅子绑在车顶带走，不为别的，草原虽美，大片无垠的绿地拍久了未免有些单调，说不定加个道具会有不一样的效果。

出发时，老婆和步步都嚷着要体验草地野餐，好不容易选了片开阔之地，结果风实在太大，有经验的朋友建议去树林里野餐，有纯天然的屏风。

草原上最不缺的就是树林了，在绿茸茸的草地上野餐后，我们很自然地把垃圾收拾好，打包带走，保护环境，言传身教好过照本宣科。

一阵没有方向的乱开之后，我们开进一条僻静的小路。小路凌乱，颇具野趣，非常适合拍照。红椅子在周遭的棕黄秋色中显得鲜艳、醒目，正适合给步步摆各种造型。

我把椅子放在车顶，说可以给她拍个霸气的照片，她倒是非常配合。

模特做久了，步步偶尔也会心血来潮地给我拍照，其实我还真希望她多接触相机，最好能喜欢上摄影。为此，我不惜扮丑，做一些搞怪的造型来激发她的"创作欲望"。看到我戴了她的帽子，她一边笑，一边拿起相机要给我拍照，为了让她对拍照感兴趣，这么有损形象的事，我忍了！

蒙古包之夜：美丽"冻"人

到达当天住的是本地还不错的宾馆，去之前就早早在网上订好了房间。

早上我独自去周边闲逛拍照，回来路上看见不少农家蒙古包挂牌出租，100元一天。

来到草原，不住蒙古包体验一下有点儿说不过去吧！我很快就说服了自己，接下来的问题是，如何说服步步。

首先，蒙古包对她来说是完全陌生的新事物，依她的小脾性，八成会抗拒；其次，我进去转了一圈，别看蒙古包外观鲜艳，内部设施实在有点儿简陋，没有宾馆舒服，担心她不愿意。

我绕回宾馆接出她们母女，一路看风景聊天，"不知不觉"就来到之前相中的蒙古包附近。

"哎，那儿有个蒙古包，这可是草原人住的房子哎，我们要不过去看一下？"

"好的,好的！"步步兴冲冲地朝着蒙古包撒欢跑过去。

"哎呀，原来他们是睡在地上的。"我故作惊奇地感叹起来，蒙古包里的床，其实是在类似榻榻米的睡榻上铺着简单被褥。

"房间居然是圆的，好特别啊。"老婆洞悉了我的小心思，也很配合地亮出了实力派演技。

于是，我们此起彼伏的"大惊小怪"很快感染了步步，她在蒙古包里跑来跑去，东摸摸西看看，一脸好奇。

"我还从来没住过圆形房间呢。"老婆加重了语气。

"睡在蒙古包会不会半夜跑进来小兔子啊？"我继续"煽风点火"。

说了一大堆住蒙古包如何特别、如何有趣的话之后，我做出要走的样子，招呼步步，"来吧，我们该回宾馆去了。"

老婆这时候依依不舍地说道："要是能住在这里该多好啊。"

"是啊是啊，我也想住在这里，回去还可以和同学们说我都住过蒙古包了。"步步也眨巴着她的大眼睛看着我，小脸上挂满了期待。

演技派的老婆顺势和步步一起用期待的眼神望向我，"哀求"道：要不，今天我们住一下蒙古包好不好？

立马，我们搬出了宾馆，住进了草原农家乐——蒙古包。

因为新奇感，步步也没挑剔蒙古包内部的住宿环境。

说实话，这一夜住在农家蒙古包的感受十分糟糕：类似榻榻米的睡榻是用水泥浇注的，只铺了薄薄一层垫被；

草原上早晚温差特别大，白天穿单衣就够了，入夜后温度骤降至零下五六摄氏度，蒙古包简直和外面一个温度，外罩缝隙里还不时漏进丝丝寒风。下午开着取暖器时还算温暖，但当晚入住的人多，老是跳闸，老板就把每个房间的取暖器收走了。睡榻上铺着的电热毯只够容纳两人，当然是先照顾步步和老婆。我和衣睡下，一夜间硬生生冻醒了好几回。

次日清晨，步步破天荒早起，嚷嚷着昨晚电热毯太热睡出一身汗，跑进跑出找小兔子，看着她开心兴奋的神情，花尽心思和演技换来的蒙古包一夜，非常值！我欣慰地擦着鼻涕。

内蒙古：草原上撒点野

这一天，按照行程计划，该是从坝上的河北区域转战到内蒙古区域。

出发前，我在导航上设好目的地，在地图上看了个大致方向，随意找了条小路就一直往前开，计划就是不跑景点，简简单单地体验一天荒野的原生态滋味。

自驾的路上是自由的，尤其是当你身处内蒙古的旷野，油门踩下去，面前的世界唰唰后退，满心都是意气风发的驰骋。

这一刻，我完全不在乎眼前的风光，只在乎自由的感觉。

途中一次偶然的路边停车休息，步步一跳下车就冲着路边的一个大沙堆冲过去。

"哎，回来回来，别去玩，等会身上都是沙子，还会把衣服弄脏！"老婆边喊边推开车门，打算去把她拎回来。

"随她去玩吧，大不了等下给她换换衣服。"我拦住老婆。

沙堆似乎有一种魔力，很少有小孩可以抗拒它的诱惑。至少，我小时候就是如此。只是步步这一代的小孩生活在处处讲究规划的城市里，沙堆都成了稀罕物。

　　"玩的时候，就应该不顾一切，不用在乎有没有学到东西。"只要她想玩，我都会鼓励她去，踩泥巴，掉水坑，哪怕最后弄得一身脏，都没关系。在孩子的玩耍问题上，我一直秉承着"放养"的态度：沙子进了鞋子，倒出来就好；衣服脏了，掸一掸，或是换一身，但是小孩子玩耍的心性，不能剥夺。

　　生活在城市的孩子总是太过压抑，任何一点点有趣的东西对他们来说，都是难得的游乐时光。看着步步一个人在沙堆上尖叫翻滚又笑又跳，我也觉得莫名开心，回忆起小时候和邻居小伙伴捏沙团追打的欢乐时光……

一路走来，我有意鼓励她独立完成一些小事，尝试新事物也好，冒险也好，希望她能够更勇敢一些。

锡林浩特：白色的湖泊

"十一"前后的坝上草原基本都黄了，白桦林是最抢眼的风景，远远望去一片金黄，映衬着草原的黄，颇有秋收的感觉。若有新房子，也都是浓烈的色彩搭配，映衬着天空中纯粹的蓝，浓烈如油画。

在内蒙古锡林浩特的荒漠中，一座白色的湖泊，在无目的的乱逛中突然出现在我们的眼前。虽然不明白为什么湖边泥土是白色的，但嵌在深秋的荒漠中，格外醒目，格外美。

我们绕着白色湖边溜达了一圈，湖边有几头牛也在闲逛，这是几天来除了羊、马之外步步接触到的第三种动物，她好奇又害怕，小心地一步一步靠过去。

别看草原貌似平整，走近才知道遍地是坑，雨后就都是小陷阱，步步索性玩起了跳格子，跳出一头大汗。

吃中饭的时候，步步在屋后发现了一架梯子。通常遇到这样的情况，妈妈会喊她下来，我却鼓励她再爬高一些，"大胆爬吧，爸爸在下面接着你。"

一路走来，我有意鼓励她独立完成一些小事，甚至有些老婆觉得太"危险"的事，因为步步素来胆子小，性格比较柔弱，我希望她能够更勇敢一些，尝试新事物也好，冒险也好，被局限的人生难免会有遗憾，我不希望她因为幼时的性格造成以后的遗憾。

出发前，我特地告诉她，草原上可以骑马。在草原上骑马驰骋，听起来绝对是一件有趣的事，一路上她最惦记的始终就是这件事。

在坝上，骑马也是我们每天念叨的一个项目，只是景区内人多价格又高，在回城的路上，我终于找到一处非景区的马场，地势平缓，200 元 5 个人随便骑。

马并不是想象中膘肥体壮的高头大马，草地也不再是"风吹草低见牛羊"的模样，马场的地面，薄薄的草皮之下就是沙土。

即使如此，当不那么高大的马懒洋洋踢着蹄子走到面前时，步步还是觉得害怕。她一个劲儿地后退，表示不敢骑。好说歹说，鼓励加诱骗，我答应她一定确保马儿慢慢走之后，她才敢坐上马背，双手死死揪着缰绳。

牵着马慢慢走了几圈，我看步步的神情放松了许多，偶尔还敢伸手摸摸马背，便趁她不注意，牵着马小跑了几步，虽然不过十几米路程，还是吓得她哇哇乱叫。

在飞扬的尘土中，我们又笑又闹地骑了两个多小时，每人的脸上都蒙上了一层厚厚的沙土。其实马场里还有骆驼，骑起来感觉比马稳妥，不过走得慢悠悠，远不如策马扬鞭来得有趣。

小贴士

行 尽量不要走夜路，影响速度还危险。尽量避开旅游旺季，如果想去，可以安排常规周末出行，时间足够。

住 只要避开长假，住宿可以根据当日行程随到随住，现在当地很多农民办起了农家院，新房带火炕供暖，实惠又别具风情。

衣 "十一"去坝上已经比较凉了，尤其是晚上，最好带件羽绒衣，当地景区也有大衣出租。

玩 骑马和旱地摩托一定要多询价，尽量砍价，旅游旺季价格高，也别指望砍价了。

② 流浪的滋味

从昏沉漫长的睡眠中醒来，发现窗外的天色已暗，昏黄的灯光映衬出堆积在玻璃窗沿的一簇簇纷乱雪花。

看了看手表，发现还没有调回来，指针显示的还是伊朗时间下午1点，杭州冰冷的空气让我打着哆嗦把手缩回温暖被窝。这一个哆嗦，一下子又把我的记忆拉回初到伊朗的那个飘雪的下午——我牵着步步冰冷的小手行走在卡尚小镇的街道上。

街道上冷冷清清，几乎没有行人，街边的商店基本都大门紧锁。天知道我们已经走了多久，却还是没有找到一家开门的餐厅，想到离开酒店时服务生对我们说，本地商店大多要下午4点后才会开门，果然侥幸心理要不得啊！

此时此刻，是2014年的春节，你要是问我，为什么热热闹闹的正月里带着全家流落在苦寒的异乡街头，我只能苦笑着说，这是一次说走就走的旅行。

每到春节前后，机票都贵得令人发指，唯独伊朗，价格和平常持平，权衡了许久，我决定选择这个相对冷僻的目的地来享受一年中难得的春节假期。

一夜的飞机后又换乘长途汽车，一路狂飙到目的地，全程颗粒未进，走在彻骨寒风中的我肚子早已空空如也。

我们只能在陌生的街头一次又一次用力蜷缩自己的身体。

凄凉成了我对伊朗的第一印象。

在伊朗，短短6天，紧张匆忙的行程留下许多遗憾，以及难忘的回忆。

清晨踩在吱吱作响的冰雪上，在自己呵出的热气中穿行于古老街道；

在一个老人对我的连续狂吼却一句也没听懂中帮他搬开店铺门板；

探头探脑走进清真寺祈祷室，被邀请一起喝茶吃早餐，给一个大爷看了我给他拍的照片后被兴奋地亲了脸；

在当地最豪华的餐厅脱到只剩内衣，躺倒在波斯大床上享受一顿当地美食；

一路仰着脖子看沿途清真寺的宏伟屋顶，钻进烟囱般狭窄曲折的瞭望塔被卡在中间蠕动着前行；

在巴扎一如既往热情地和路边大胡子男人握手后却被挠了手心；

傍晚，在落日余晖下和伊朗小朋友打一场语言不通的雪仗；

学着波斯人吃晚餐，一大勺酸奶拌饭再挤上点柠檬，饭后上一壶水烟，吞云吐雾；

深夜独自一人在迷宫般的巴扎里找不到出路……

在伊朗，我们经历了大雪纷飞和严寒摧残，也经历了烈日当空被晒到头晕眼花；经常不小心错过饭点，下一顿又暴饮暴食撑到不行；路遇好心的伊朗人给我们提供帮助，转头又被本地司机坑了钱；这些城市没有秀丽的景色却有雄伟的寺庙，本地的姑娘终日一身黑色包裹严实却掩盖不住明媚大眼和绝美容颜……

这是一个需要你自己去体验的地方，在这里，每个人都会有自己的故事。

库姆：一口糖一口茶

到达德黑兰的时候是清晨，在机场遇到 5 个同路的中国人，大家一番商量之后决定一起包辆中巴车去卡尚。

大家派出代表去和中巴车司机砍价，最后商定 300 多万里亚尔（伊朗货币），结果开到半路被要求加价。在伊朗基本就没有遇到靠谱的司机，这是后话。

第一杯红茶是在车上喝的。

车开了没多久，司机的朋友就开始泡茶，问我们要不要喝。

只见他一手端茶，面前放着一大盘块状方糖，向我们示范喝法：拿一块糖含在嘴里，然后慢吞吞喝一口茶；再吃一口糖，喝第二口茶……

第一次见到这般"豪迈"的喝茶法，全车人都震惊了，步步更是带着一脸不可思议摇着我的手发问，这个叔叔吃这么多糖牙不会蛀掉吗？

无言以对！被问倒的我一下子还真不知道该怎么解释，干脆转头鼓励她尝试，"每个国家，每个地方都有自己的风俗习惯，就好比我们吃米饭，北方人吃饺子，伊朗人喝茶吃糖，或许是他们的茶太苦，就要这么搭配着才好喝。"

　　老实说，这么苍白的解释我自己都觉得很无力，不过我一贯鼓励步步入乡随俗，到了当地体会一下风土人情，所以我示意她照着这种喝法尝试一下。

　　步步飞快地挑出盘子里最大的糖块，然后小口地抿了一下深红色的茶水，皱着眉头转向我："苦的，不好喝。"

　　的确不好喝，茶汤香料味重，味道苦涩，方糖虽然没有想象中的甜，但这种奇异的组合，让习惯了绿茶清淡口味的我们实在是难以消受。

　　去卡尚的路上途经库姆，我们决定稍作停留。

　　库姆是著名的伊斯兰教什叶派圣城，据说，伊朗的一半政治权力在库姆。

　　库姆城中的马苏麦清真寺非常有名，是什叶派第八伊玛目阿里的妹妹法蒂玛的陵墓，建于公元 9 世纪初，一千多年来，在什叶派穆斯林心中，朝觐这座圣陵是表达虔诚的行为。

　　来伊朗之前，我在淘宝上买了伊朗地图 App，所以当司机表示不认识去马苏麦清真寺的路时，我从容地掏出手机指挥司机一路开进去——出发前下载好目的地国家的导航 App 可以省去很多时间和麻烦，也是我在多年境外游血泪史中获得的经验。

　　在马苏麦清真寺，我们第一次体会到了伊朗人的热情。

英文较好的团友和寺庙的工作人员简单沟通后，对方表示允许我们参观，前提是女子要用黑色长巾包裹全身才允许进入。步步看着妈妈扎起头发围起黑纱（小孩子不需要包黑纱），觉得很新奇："为什么他们（伊朗人）要包黑纱？"

我解释这是宗教原因，至于深究下去的历史文化因由，"等你以后自己看书就知道答案了"。

"那为什么妈妈也要包黑纱？"

"这是做客的礼貌，也是人与人之间应该有的相互尊重。我们在这里是客人，到主人家参观，就要尊重主人家的规矩。"我趁机给她上了一堂礼仪课。

走在寺庙里，一开始举起相机拍照还有些担心，怕冒犯了人家。工作人员友善地微笑着示意我自便，他一边带路一边讲解，宣扬伊斯兰教的教义，英文纯正流利，服装体面讲究，看起来是修养较高的宗教人士。

后来才知道，马苏麦清真寺还是全伊朗的最高学府，在这里学习的都是国内未来的精英，这里也是在伊朗的日子里我们所见到的男人们穿得最正式和华贵的地方。

旅行不会永远顺利，出于困难也并不是靠打车就能解决的，我说服了"给她一些小磨炼"的私心，"老婆，坚持走路回酒店。

卡尚：第一次流浪的感觉

初到伊朗的第一个落脚点，我们选择了卡尚。

这是一座以玫瑰花出名的小镇，只可惜我们在冬天到来，无缘目睹玫瑰盛开的美丽场景。

在卡尚，我们选择了一家位于小巷深处由老宅改建的酒店，外观颇具波斯风情。办理入住手续之后，前台表示只剩下两间房了，一个是标间，另一个是有着狭小楼道的阁楼房。

我让步步做主选择房间，她毫不犹豫选择了好看的阁楼。通往阁楼房的通道异常狭小，小到连行李箱都要侧举着才能通过，坡度也特别陡，走起来很吃力，不过因为是她自己选的，所以爬上爬下倒也毫无怨言。

在异域风情的房间里，步步特别配合，破天荒地主动扯出妈妈的围巾扮演波斯美女配合拍照，实在令我受宠若惊。

到达卡尚时已过中午，把行李丢在房间后我们打算去巴扎（伊朗对市集的称呼）换点钱，然后找家餐馆吃饭。

查了地图，巴扎离酒店很近，步行就能到达。出门前，前台提醒我们巴扎中午是关门休息的,要到下午 4 点后才开门。

抱着侥幸心理,我们还是决定去碰碰运气,商铺没有开门就先找小餐厅之类的填填肚子,于是出门晃荡去了巴扎。

到了巴扎果然商铺全关,在冷清的巴扎内走了一会,找到一家碰巧还在营业的货币兑换铺,可惜汇率只有 1 美元兑换 29 200 里亚尔,无奈之下先换了 100 美元。

捏着换回的一叠"巨款",步步叫嚷着肚子饿,我拉着她的小手说,马上带你去吃大餐。

一路走,一路不断地被告知:出了巴扎沿街有很多餐馆,不过这个时间都没开门。这个下午,似乎运气并没有和我们同行,已经是下午 2 点了,从清晨起,除了那顿简陋的飞机早餐后至今颗粒未进。

感觉像是在街头流浪了一个世纪,步步从最初的叫嚷、抱怨,到耗尽体力后的小声哼哼,最后只剩下用哀怨的眼神不断向我施压。

由于我错误估计了伊朗的天气,出发前查过当地天气,看着前几天都是十几摄氏度,某天突然变零度,当时没放在心上,总想着降温没这么夸张。

没想到这个"某天"就是我们到达的当天，气温非常实诚地在一天之内降到零度，站在卡尚萧瑟冷清的街头，天空还颇戏剧化地飘起了雪花。我脱下自己的羽绒衣裹住冷得发抖的步步，半牵半拉着她，饥寒交迫的凄凉和绝望涌上心头。

看着身畔陈旧如 20 世纪七八十年代的街道，街边偶尔飞驰过噼啪作响的小破车，我都有点开始怀疑自己这次对旅行目的地的选择。

"Can I help you?"一个头戴黑巾的伊朗女孩出现在我们这群迷茫的人面前，带着热情的笑容询问。

那一瞬间，我们感觉到救星来了！

用冻得发直的舌头结结巴巴表述了我们的需求，女孩招呼我们上车，一辆四人座的小车硬生生挤上了 7 个人。幸好只需要开过三个路口，女孩把我们带到了一家宾馆门口，告诉我们里面有家餐馆不错。

热情地挥手道别后，我们冲进宾馆，大堂的工作人员冷冷地抬了下眉毛，无情地告诉我们：现在是关门时间。

期待的心情瞬间落空，我们再次摸着咕咕叫的肚子无奈地走进寒风中，来时的路显得愈发漫长。

就在近乎绝望的时候，我瞥见街对面有一家点心店还开着门营业。

　　虽然柜台上那暴露在冰冷空气中的一大叠馕饼看起来坚如磐石，但好歹能填个肚子，花了 15 000 里亚尔买了一块，大家分着吃了。步步一向喜欢面食，啃着硬得像砖块一样的馕饼她倒也很高兴，暂时也不再嘟囔走不动之类的话。

　　冒着飘落的雪花往回走去，路真的好远，途中还迷路走错一次。步步不止一次抱怨"脚疼"、"走不动了"、"我要回饭店"。

　　其实沿路都不乏出租车，招手即停，我却没有这么做。

　　在异国他乡迷路、打不到车，这些对我来说都是最常见的问题，对她来说却是第一次。旅行不会永远顺利，困难也并不是靠打车就能解决的，出于"给她一些小磨炼"的私心，我说服了老婆，坚持走路回酒店。

　　回程的路走得我们非常疲惫，所以步步一路的抱怨叫嚣我都无视了，只是好言相劝，鼓励她继续努力，并用卡尚的特产玫瑰水诱惑她，换取短暂的安静。

　　玫瑰水是卡尚的一大特产，据说是用玫瑰花直接蒸馏

提炼的，芳香无比。当步步第N次叫嚷走不动的时候，我在路边小店买了一瓶玫瑰水给她作为奖励。

名字充满绮丽色彩的玫瑰水真的好喝吗？

突兀的玫瑰花香，淡而无味的口感，这是令我眉头紧锁、无法形容、不想再喝第二口的味道，大家也都喝不惯，只有步步一个人说好喝，抱着瓶子兴高采烈地走下去——或许，这就是奖杯的魅力吧。

去之前，看网上攻略说，伊朗人做生意非常靠谱，找不出零钱的时候他们会用商品替代给你，不会占你的便宜。

在我买玫瑰水的时候，105 000里亚尔的东西，给了店主120 000里亚尔，不会说英文的店主比划了半天只找给我10 000里亚尔，对余下的5 000里亚尔就没有表示了，想了想也就相当于1元钱人民币，当下我也没计较。而当我们走错路后返回又经过这家店的时候，店主追了出来，塞给我5 000里亚尔——原来不是贪便宜，是数学不好。

一行人挣扎着走回到酒店，差不多已经是晚饭时间了，这也是我们在伊朗的第一顿当地大餐。

　　菜大多是各色黏糊糊的咖喱状食物，搭配带一点咸味的馕饼，我还真有些吃不惯，步步却吃得很开心。她素来对菜很挑剔，却极爱吃面包、米饭、馒头，所以馕饼很对她的胃口，光吃这个就饱了。从这点上看，这娃还真挺好养的。

　　第二天起床，厚厚的白雪覆盖了视野中的一切。

　　一听说可以玩雪，步步迅速起床，飞快地穿好衣服，早饭也不吃就尖叫着扑出去玩。

　　这是步步在杭州从未见过的，属于北方的大雪。她兴奋地在雪地上奔跑，堆雪人、打雪仗、滚雪球，连喊带揪地才把她拎回来吃早餐。

　　吃完早餐她又急着出去玩雪，妈妈担心她弄湿靴子，便不让她去玩。这时候我挺身而出做好人，"没事，去玩吧，我撑着。"

　　背负着老婆的白眼，我陪着步步在雪地撒野，玩累了回来在暖炉上烘烤浸湿的靴子——和拥有这样难忘又愉快的回忆相比，湿个靴子算什么呢。

　　早饭后出发看古宅。

　　保存完好的古宅是卡尚的一大看点，本地最有名的四

座古宅，我选择了网上最推荐的一座。

去的时候依旧是漫天雪花，除了我们这行游客和毫无存在感的工作人员，就像行走在一座废弃的房子里。

古宅精美如初，罗马式的彩色玻璃窗明艳鲜亮，可惜没有阳光，无法拍到我期待了很久的阳光透过彩色玻璃的画面。

古宅虽然美，步步却无法领会，也是，在小孩子眼里，老房子哪里比得上在雪地里玩耍有趣。看着没有闲杂人等，我答应步步让她自己在院子里继续疯狂玩雪。

在难得一见的被雪覆盖的院子里，素来胆小的她毫不畏生，在陌生的庭院里钻来钻去，从这个门跑到那个门，把台阶、窗沿上的雪都搜集到一处，堆了一个巨大的雪球。

离开的时候，后脚才跨出大门，一直堆在头顶的厚厚云层居然散开了，我等待了许久的太阳终于出来了！可惜因为时间原因已经没办法回头再拍摄，只好含恨离去。传说中的粉红清真寺也是我一直想拍的内容，但因为在另一个城市，路程较远，算了算时间实在来不及，只好放弃。

在我看来，这种旺盛的好奇心和求知欲，也正是旅行乃至生活的最佳状态和一大乐趣。

伊斯法罕奇遇记

清晨，踩着吱吱作响的冰雪，我独自一人走过宽阔的广场。

因为时间还早，步步还在赖床，空寂的街道上偶尔有人匆匆而过，好像都是去往一个方向。

跟随他们的脚步，来到一座古老清真寺的门前。这座清真寺并没有像其他寺庙那样整体被绚烂的瓷砖包裹，蓝色瓷砖只覆盖了高耸的圆形塔尖，被一抹朱红朝阳涂上一层金光，为这冷清的早晨带来些许暖意。

两扇古老而厚重的木门矗立在我的眼前，因年代久远而发黑的木门半合半开，陆续有人闪身进入，我也好奇地跟着侧身进入。

里面是个宽阔的院落，侧边有扇小门，有人在门口脱鞋进入。我也脱了鞋掀开厚厚的帘子走进室内。一股暖气扑面而来，屋内很安静，灯光稍稍有些暗。地上铺着传统的波斯地毯，看上去已经非常陈旧了。人们四散开来，坐在不同角落默默祈祷着。看来我是误闯了当地人的祈祷室。

我有点紧张，生怕被他们发现后赶出去，幸好大家都默默地低着头，专注地做着他们自己的事，我也就悄悄找个角落坐下，静静地看着他们的生活。

此时此刻，我才真实地感受到，我们已经身在伊斯法罕了，这座伊朗的第三大城市，曾是波斯帝国的首都，当时世界的中心，无数搭载着商品的商队从这里出发，穿过沙漠，将商品运向远方。

在这个被称为"半个世界"的城市，又会有什么在等待着我们？

舌尖上的伊斯法罕

旅途中的首要任务是找旅店，此行出发匆忙，幸亏前人留下了详尽攻略。我依照攻略的指导选择了"Dibai House"，据说这是由一栋17世纪的波斯旧宅改造而成的酒店。

从卡尚一路过来，司机打了无数电话问了无数的人，才在一处小巷的尽头找到了这个宅院。

酒店的主人是个老太太，一副不爱赚钱的样子，我和朋友用对讲机与车上女同胞沟通的时候还被她数落："你们中国人都是女人说了算啊。"

最终还价无果，50美元一间房。酒店的位置我很喜欢，就在旧城的中心地带，距离大巴扎和广场非常近，走路 15 分钟可以到达。

酒店毗邻一座非常古老的清真寺，内饰风格倒也很合步步的心意，不知道是不是因为淡季，给我们一家三口安排了一个奇大无比的套房：两间房，四张床。步步一进门就尖叫："好多床啊，我要一人睡两张！"结果到了晚上，因为房间太空旷，她又有点害怕，蹭到妈妈身边才敢睡。

酒店的大门就在这个窑洞一般的窄小巷子里，门口也没有明显标示，酒店的地下室兼具休息室、视听室和早餐餐厅。

早餐的品种比较简单，但氛围很好，服务人员非常热情，生怕我们吃不惯，主动过来介绍每种食物，还专门给步步做了造型可爱的煎蛋，这也是我喜欢小酒店的原因之一。遇上聊得来的主人还能一起喝喝茶聊聊天，近距离地了解当地民情风俗，这也是旅途的一大乐事，是在配套完善的五星级大酒店无法体会的。另外，小酒店的地理位置通常比较好，出游或是到附近散步都更方便。

去伊朗前看各种攻略，国人对伊朗的食物是各种黑。再仔细一搜，据说在伊朗，凡是中国人开的中餐馆全都倒闭了——看来伊朗人民也觉得我们大中华美食很难吃啊。

其实我对食物并不挑剔，但凡旅游，每到一处都喜欢尝试当地特色食物，越奇怪越有兴趣，毕竟这也是旅行的一大体验。

一碗白饭，加上几勺厚厚的酸奶，搅拌一下，放入口中，汗毛从脊背一直竖到头顶。

这是一个伊朗司机带我们去吃的据说最地道的伊朗美食，以我这样顽强的味蕾适应能力也得扛着浑身不适，硬着头皮吃到第三口才勉强接受了这种浓郁又奇怪的味道，同行的伙伴也是吃得呲牙咧嘴、痛不欲生。

在伊斯法罕，我们找了当地的一家高档餐厅 Bastani 体验"舌尖上的波斯"，餐厅靠近玛伊姆清真寺，门口并不起眼，就在巴扎集市的一条通道里，不过走进餐厅，会有眼前一亮的感觉。

餐厅整体风格非常具有波斯特色，那些在伊朗著名景点看到的元素都可以在这里找到：带彩釉包边和点缀的拱形屋顶，无处不在的金色线条及暖色灯光的点缀，五彩玻璃窗和墙上的壁画精美程度简直不输皇宫。每片区域都有不同的主题，形象生动有趣，描绘的是百姓的生活场景。在这种环境下用餐，很容易感受到独特的波斯文化。

中午游客不多，据说晚上生意火爆，需要提前订位。

进门的时候，老板靠着柜台悠闲地吹着口琴，摇头晃脑，自得其乐。

服务生领我们到预订的座位，步步"蹭"的一下跳上座位开始打滚，没错，眼前这宽大的座位与其说是沙发，更像是一张大床，莫非此地流行躺着吃饭？

几日下来，每次点菜，我都会在菜单上找没有尝过的食物，只可惜虽然名字不同，最后端上来的食物却大同小异——咖喱、炒饭或是馕饼。看过的游记中也说，伊朗的食物类型确实比较单一，菜就是各式咖喱，主食就是炒饭和肉，或是馕饼和肉。所以我们在 Bastani 吃的这一餐饭，眼福可比口福来得满足，好在价格也便宜，我们 5 个人最后买单才 200 多元人民币。

而这已经是我们在伊朗吃得最奢华的一顿了，之后在伊朗的日子里，甭管我怎么翻来覆去地点菜，最后总觉得吃得都一样。

神奇的伊玛目广场

在伊斯法罕，我们大部分时间都耗在有趣的伊玛目广场和与之相连的像迷宫一样的大巴扎。

始建于 1611 年的伊玛目清真寺矗立于伊玛目广场，

它最独特的地方是整座清真寺像是被扭曲似的：清真寺入口面向广场，而朝向圣地麦加方向的主题建筑和内部庭院则躲在塔门之后。伊玛目清真寺被评为世界上最美的清真寺之一，联合国教科文组织将其评为世界遗产，它是波斯建筑的典范，清真寺的七彩马赛克和漂亮至极的题字是最大亮点。

正殿穹顶中央对应的地面上有一块黑色回音石，在石头上用力跺一脚，可以听见长长的回音，站在回音石的中心用正常的音量说话，声音会神奇地响彻整个清真寺。对步步而言，这也是最有趣的部分，去之前就一遍一遍地问我："是真的吗？为什么呀？"

到了正殿，她急不可待地撒开牵着我的手，飞快地钻进人群中，很快整个大殿就被她的尖叫声覆盖了……

建于17世纪的阿里卡普宫位于伊玛目广场西侧，它的阳台是欣赏整个伊玛目广场的最佳位置，宫殿内墙上的各式浮雕和壁画也非常精美。

沿着楼梯走上楼顶的演奏厅，厅内有一堵神奇的墙，据说墙上那些瓶瓶罐罐的花纹图案可以改善音效，不过光靠喊的话，没有回音石的效果来得直接有趣，所以步步并没有太大的兴趣，一路小跑地下楼了。

　　之后的一路上，她沉浸在回音石的兴奋中，追着我问了无数个问题，一开始我还绞尽脑汁想用平生所学的物理知识来解释，架不住她再三追问，只好两手一摊，"这个我也不知道了，不如你先把问题存着，我们晚上回宾馆上网找找答案吧"。

　　虽然被追问到哑口无言的当下略有些尴尬，但我始终都非常鼓励她大声说出自己的问题，勇于提问。在我看来，这种旺盛的好奇心和求知欲，也正是旅行乃至生活的最佳状态和一大乐趣。

　　比如有次在平顶山，她问我为什么岩石是红色的，我解释说这是喀斯特地貌，她继续追问什么是喀斯特地貌，我当下用手机百度出官方答案，用通俗的语言解释给她听。哪怕当时我回答不出，哪怕她只是一时好奇，事后完全没记住，也没关系。

　　在每次旅行中，我都有意识地激发她的好奇心，引导她提出问题，我希望能够培养出她探索的欲望，营造出"不害怕提问，自己寻找答案"的氛围，就已经足够了。这同时也是在培养她形成自主学习的习惯。虽然说起来颇有些理想化，但我真切地这么希望，也是这么去努力的。

迷宫般的巴扎

波斯巴扎有着上千年的历史，我去过很多巴扎，伊斯法罕的这一个，不是最大的，却是最错综复杂的一个。

巴扎是伊朗人经济、社会交往最重要的空间，集广场、商场、餐饮、清真寺于一体，当地人做礼拜、举办大型节庆活动、购物、约会都在这里。穿梭在伊斯兰式的走廊里，从锡质器皿到波斯地毯，从丝巾珠宝到香料干果，这里的商品包罗万象。

伊斯法罕的大巴扎在伊玛目广场的北面，是中东最古老的巴扎，纵穿整个老城，延绵两公里。它是一个如同迷宫般的街区，既充当市场，又担负道路的职能，一直蜿蜒到远处和其他的街道交错，走在里面，根本无法分辨方向。有天深夜，我一个人从广场走回酒店，信心满满地想穿过巴扎抄近路，结果在黑漆漆的巴扎里迷失，直到走得害怕起来，才匆匆找了个出口，回到街面上打车。

大巴扎是世界上第三大巴扎，因为它太大了，一到下午给人感觉有点冷清，反倒没有其他巴扎的热闹气氛。越往大巴扎的里面走，人就越少，售卖的也多是日常生活用品。

在巴扎有不少年轻貌美的伊朗姑娘，步步也爱看美女，我鼓励她上前去与漂亮姐姐合影，老婆教她背下"可以和我合影吗"的英文，我们就放手站在原地，远远地看着她跑上前去，鼓起勇气与陌生人交流。

即使她的英语说得结结巴巴，声音细若游丝，但其实路人一看这个奶声奶气的中国娃娃和背着相机的我，都会明白她的意思是要合影，也都热情地搂着她大笑起来。

几次下来，至少，在那个当下，素来怯生的她没那么害怕与陌生人交流了。

种类繁多的手工艺品是步步最感兴趣的，她几乎对每一种工艺品都好奇，看见什么都想买，每到一个摊位前就充满好奇地围观匠人现场制作，拉都拉不走。

没逛多久，我给了她一些零钱，"教唆"她去买自己感兴趣的东西，至于怎么开口询价还价，我"为难"地表示，自己也不懂他们的语言，让她自己想办法。

于是，尾随着她的我们一路目睹了她用磕磕巴巴的英语、自创的手势和写在纸上的阿拉伯数字与摊主交流，很多摊主虽然不明白她的意思，但都笑得热情友好，还有个大胡子伯伯送了个小铃铛给她做纪念。这段短暂的购物之旅让步步念念不忘，"伊朗人都很爱笑，很友好"。

输给了雪花的古石桥

始建于 1602 年的三十三孔桥，是伊斯法罕最漂亮的一座桥，因有 33 个桥拱而得名。300 米长的石桥分上下两层，本身是一座多功能的建筑，既是桥梁又起水坝的作用。下层由 33 个半圆形桥洞构成，上层中间的桥面被侧面两排三米高的墙面所夹裹，墙面上每隔两三米就有一扇弧形门，外侧还有一米左右的空间，可供行人走动，桥的两侧各有一条这样的走廊，贯通两岸。

我们走到桥洞的时候恰好飘起了漫天大雪，作为南方小囡，步步自打出生起就没怎么见过下雪，更别说是像这样的鹅毛大雪，看着雪花从眼前晃晃悠悠飘过，一下子就惊呆了。

出来匆忙，没给她带防水的厚外套，老婆担心她淋湿了感冒，拉着她想阻止她跑出去玩雪，在我的劝说下，最终还是一脸担心地松了手。

在雪地撒欢的步步看起来实在是太开心了，即使没有同龄玩伴，她一个人在雪花中来回跑跳，高举着小手接雪花——老实说，之前带她看了这么多古迹也好建筑也罢，她都只是懵懂地跟着我们，反而是简简单单的一场雪，令她玩到鼻子发亮小脸蛋通红也不愿离去。

那个追逐雪花的小小身影倒提醒了我，小孩子的兴趣点和成年人是不一样的，对他们来说，千年古迹或许倒不如一只小狗、一片雪花有意思。虽然身为家长的我们抱着带他们开眼界长知识看世界的目地，同时也要照顾他们的心情，尽量安排一些孩子感兴趣的活动，这样旅程才会开心。毕竟，我并不期望她真能看懂什么，或是记住什么，而是希望她爱上旅行的感觉。

亚兹德：打一场雪仗

亚兹德，是我们在伊朗的最后一个目的地。

处于伊朗正中心的亚兹德，四周被沙漠包围，它是古丝绸之路通向印度和中亚的重要城市。在它之前，我以为伊朗就只是这样了——不是不好，只是不如我想象中的独特。

因为担心去亚兹德的路程太远，返程会太辛苦，为此询问了好几拨人的意见，有人说亚兹德值得一去，有人说它很一般，在卡尚遇到的驴友说已经来过，一点都不好玩。然而，某篇游记中对它的古老的描述深深吸引我前来一看。

回顾伊朗此行，亚兹德古城是我最喜欢的地方。古城以红砖和土坯建成，清真寺林立，小巷悠长，是一座典型的沙漠城市，和伊朗的其他城市相比，它更精致，更古老，更淳朴。

清晨，又一次独自（步步和老婆都不愿早起）来到一座古老的清真寺前。

太阳已经斜斜照射到蓝色瓷砖贴面的大门上，从不同方向赶来的人们接二连三迈进这道古老的大门内，我也就跟着进入。

门后是和大多清真寺一样的格局，进来的人们穿过广场分男女进入两个祈祷室，我也熟稔般跟了进去。

室内已经聚集了不少人，桌子上叠得高高的茶杯和馕饼，不同于寻常的礼拜，倒像是有聚会活动的样子。

看了看手机上的日历，星期五，难怪这么热闹，今天应该是他们礼拜聚会的日子。

这已经不是第一次在伊朗"参加"做礼拜了，但却是氛围最好的一次：人们衣着体面挺括，一看就是认真准备而来的；做礼拜时神情肃穆虔诚，你几乎能从他们坚定的眼神中看见"希望"所蕴含的神奇力量；每一张脸孔都凝聚着一股难以言表的精气神，令人动容。

在这场安静肃穆的礼拜中，语言完全不通的我却被这种信仰的力量打动，除了震撼、感动，还有一丝丝后悔——真应该带步步来感受一下纯粹的宗教生活，不应该放任她睡懒觉。

拍照之后，我悄悄离开做礼拜的人们，走到寺院后面的古城。

眼前的房子都由黄泥垒成，阳光清晰地照射出它们被时间冲刷的痕迹。

亚兹德全城都采用风塔式建筑，风通过格栅式的风塔进入房间，有空调的效果，科学又实用。

从细窄的街道走过，呼吸着冰冷清新的空气，那一刻的头脑特别清晰，特别亢奋，几乎想就地躺下，更细腻地体会这座古城的气息。

这是我来伊朗后最有感触的一个清晨，这一个多小时的游荡让我非常庆幸自己的选择，之后在亚兹德老城闲逛的时间也非常短暂，但我拍到了不少自己颇为满意的照片，只恨时间太仓促，没能更清晰地记录下这座老城的细枝末节，旅行总是会有这样的遗憾。

因为留给我们的时间实在太少，与古城匆匆打了个照面，我们便出发去城外的几个古老村落。

包车出城几十公里路，哈尔纳克古村是亚兹德附近的一处古村落，已有上千年历史。村落已非常破败，几近坍塌，周边仍有村民居住。

除了残垣断壁，还有一套至今流淌着清泉的坎儿井系统，源于村里的一座古浴室。

位于古村落最高处的拜火教摇晃塔依然完好如初，据说摇晃塔的最初功能是气象站，波斯先民们用来预测天气的，如果强风来了，塔身就会摇晃，摇晃塔由此得名。

步步远远望见瞭望塔，就主动约我一块儿去塔里

"冒险"。

我们像当地人那样从塔底开始往上爬，越往上，可以容身的空间和可以下脚的台阶都越发狭小，这对步步来说完全不是问题，手脚并用的她很快超过了我，还不时回头"鼓励"我快往上爬，而我因为身材缘故，几乎卡在细窄的塔中，于是不得不挥舞起白旗，宣告她的胜利。

下午，在同样古老的恰克恰克村，遇上了几个年轻的伊朗少年，也不知语言完全不通的步步是怎么和他们交流成功的，我转个身的工夫，眼前雪花四溅——双方就地打起了雪仗。

我脚下的这片土地，是历经千年的古老村落废墟，在孩子眼里，却只是适合打雪仗的乐土。看着他们在雪地里开心地来回奔跑，我也忍不住丢开相机，认真捏了几颗大雪球快步跑上前去……

短途出游：
野外技能养成进行时

第四章

过年时和朋友聚会，刚刚从美国出差回来的朋友 **成长心历** 坚持要赶在下一个学期前送孩子出国，"我看重的不只是教育，还有生活技能。" 当时她是这么向我们解释的。

虽然当时大家都说她"任性"，可是我内心却很认同她的观点。

我比较欣赏西方对儿童生活技能的培养，他们可以在很小的时候学会自己做饭，习惯野营、童子军式的教育。在玩耍中学会生活常识，其实是和在课堂上学习同样重要的事，尤其是在面对危险的时候，这些生存技能都可能给他们一线生机。

再看看我们身边，诸如"幼童雨天在马路上淹死"之类的新闻层出不穷，最令我难过的是，很多突发状况，其实孩子是可以自救的，只可惜因为无知、因为害怕，白白错失了生还的机会。

步步的胆子很小，所以在旅途中，我时常会有意识地"创造"一些困境来让她经历。这一次有我陪着她经历"难关"，下一次她遇到类似的事情至少除了害怕、哭泣，还会试着去应对，这些看似微小的经历，对改变她过于软弱的性格却很有帮助。

每个孩子的个性和生活环境都不一样，简单地买几本教育学家写的书，不一定适用于自家孩子，也不一定适合自己。当父母这件事，只有自己一路琢磨一路摸索。

江南水乡的慢生活

咔嗒，拨开老式的铜黄门闩。

吱嘎，推开深棕古旧的木门。

阳光，像一群快乐的小鹿从门缝中挤进屋里来。

步步揉着蒙眬的睡眼，顺着明亮温暖的阳光跟跄着走到门外。

一整排的青石老屋沿河而建，屋前是石块砌成的两米见方的平台，有石阶延伸到河中。河不宽，恰好容得下一叶细长的乌篷船，船经过时，只需招招手，便可坐上船沿河而下。

2011 年的 11 月下旬，江南已经步入初冬时节，选了一个周末，我们一家离开熟悉的城市，驱车两小时来到会稽山脚下，选择了一处由千年古村改建的度假酒店，享受几日隐居的生活。

恍若置身旧时的江南，茶社、饭馆、牌楼、戏台一应俱全，有水乡的格局，无嘈杂喧闹，整条青石小巷回荡着步步清脆的欢笑声。

"这里好像电视里的古代啊。"

步步边喊边跑，很快便翻过一座石桥，她脚下的石板路一直蜿蜒到尽头。旁边白墙黑瓦错落有致，屋檐下的红灯笼成了素淡画面中的点缀。这是我第一次带步步领略真正意义上的江南水乡之美。

江南的美是温婉的，靠近它更能真切地感受到。

在青石板路跑了几个来回，步步已经习惯了双脚踩在不平整的石板上的感觉。

在温婉的背景当中，老婆试图说服步步以淑女的造型入镜，可惜安静不了几分钟，她就跳脱出这古典的背景，撒丫子跑走了。

我也不强求她故作淑女状，带她来这里度假，只是希望她能离开电视和游戏，像我们小时候那样嬉戏玩耍。

"隐居"的两日，我们都刻意远离手机，大把的闲暇时光全都用来手牵手散步，去草坪上看一朵花，或是去老街慢悠悠逛上小半日。

走路和聊天成了我们全部的消遣，这两日里我们三人聊的天，比平时半个月里聊得都多。步步讲学校里的趣闻，老婆聊家长里短，我做一个尽职的聆听者，大家分享着各种小细节小心情，倒是让我有了些新的认识：原来女人都爱碎碎念，只要你安安静静听她说完各种细碎小事，她的心情就会很好，人也变随和了——不管是 5 岁的步步，还是 30+ 的老婆（与大家共勉）。

牙关咬了又咬，既然已经提出我这是坚定地残忍下去，不然以后她会要求，就不能自己退缩，觉得我定的规矩都是可以退让的。

杭州九溪：骑车、眼泪和放手

人生总是有几项必须学会且是伴着泪水而掌握的技能，比如骑自行车。

2012 年的春天，九溪是离我家最近的著名景区，只要避开长假，这片绿意盎然的自然之地是周末踏青、半日偷闲的最佳选择。

连续几个傍晚，我都把散步时间挪作他用——教步步学自行车。基本的几个动作：上车、把方向盘、按铃、蹬踩、刹车等都已经单独让她记住并练习熟练了，最长记录是坐在自行车上（我扶着车）蹬踩超过三分钟没掉落，奶奶高兴地说，这晃晃悠悠的也算学会大半了。

特地选了个晴好的周末，我盘算着，是时候该让她学骑自行车了。

出发前，和步步约定，今天要学会自己骑车，她含着最后一口饭信心满满地答应下来，高高兴兴地拉着我的手往门外赶。

和前几次一样，我扶着自行车跟着她一路小跑，再次重复那几个保持平衡的方法，几次之后，她也渐渐允许我在骑最后一段路的时候放手。

一切都进展得很顺利，她掌握了平衡，学会了拐弯，知道如何刹车——直到我说，接下来从起步出发到骑完一段路都由她独立完成。不知为何，此时她突然害怕了起来，说什么都不肯，非得要我扶着才肯骑。

我按照某教育学家建议的那样，蹲下来，和她平视，耐心地试图用道理说服她，可是一遍两遍三遍，道理反复说了好久，她就是不肯自己骑。

我也恼了，提高音量表明态度：今天必须学会自己骑车，不然就不回家。

我的大嗓门换来的是她的大声哭泣，她边哭边望向一直在旁边看着的奶奶，希望一向宠着她的奶奶能帮她说话。看出了她那点小心思，我让我妈先回家。

奶奶无奈地走了，步步又机灵地转头泪眼婆娑地望向妈妈，于是我把老婆也赶走了。

空旷的场地上只剩下我和她，我严厉地对她下出"最后通牒"：现在只剩我们两个，没人会护着你了，今天你必须学会自己骑自行车，不然我们就不回家，我会一直陪着你，直到你自己会骑。

步步的脾气随我，异常倔强，听了我的话，她转过头去，更加大声地哭起来，眼泪鼻涕糊了满脸，边哭边喘，还不停地咳嗽，一副快要背过气去的样子。

　　我的心也随着她越来越大的哭声而越发纠结，一边对自己说：装，她就在装，这种把戏我小时候也使过；一边看着她满脸泪水，小脸憋得通红，眼神中有无助、怨恨、期盼，心里还真是隐隐有丝痛楚，哎，真的有必要这么逼她吗？

　　牙关咬了又咬，我还是坚定地残忍下去，既然已经提出要求，就不能自己退缩，不然以后她会觉得我定的规矩都是可以退让的。

　　步步也真是倔强，这一哭就是半个小时，和泪眼迷蒙的她对峙着，我用坚定的眼神传达绝不让步的态度，同时忍受着内心的煎熬，不停地告诫自己："坚持，坚持！为了她能更好地自我生存，现在必须坚持！"

　　哭声慢慢小了下来，她也哭累了。这时候需要转换下方式，我再次蹲下身平视着她，不同于刚才严厉的态度，用较为温和的语气对她说："步璠，我并不是强迫你做一件你完全做不到的事情。所有的动作你都已经会了，刚才几次你自己也都顺利地骑了，在我放手的情况下。现在只需要你从起步开始，完完整整地自己上车，骑10米路，下车，就算完成了你今天的学习任务。这个要求并不高，也不难，你完全可以做到，我也会在边上陪着你的。"

考虑了几秒后，步步不再抗拒"自己一个人骑车"这件事，推着小车慢慢向前开始尝试。

很快，她便能自己起步骑上几脚，虽然车把得七歪八扭，但她也很受鼓舞，不到 10 分钟，就能晃晃悠悠地独立骑上 10 米远了。

当她第一次成功到达目的地时，我再次蹲下来和颜悦色地对她说："你看，我给你定的任务并不难，只要你勇敢尝试，很快就能学会。你最大的问题就是担心做不到而放弃努力，不肯去做。高高兴兴地学是学，哭哭啼啼地学也是学，何不高高兴兴地去学，勇敢地去试，不就很快学会了吗？"

这个时候的步步貌似更听得进道理了，她诚恳地点着头，我接着说，"我要求的任务你已经完成了，我们可以回家了。不过你要是愿意再多练习一下，骑得更好，我也可以陪你多练习一会。"不出意料，步步表示愿意再练习两次。

于是现场的画风瞬间从哭哭啼啼的悲剧变成了欢乐温馨的喜剧，我一路小跑陪着她，步步眼角的泪都还没干，就在风中咯咯笑着骑起车来，一路有说有笑。被我支开后又担心地跑回来看个究竟的妈妈和奶奶都震惊了。

练车结束后，步步像是什么都没有发生过一样笑嘻嘻地主动牵着我的手一起往家走去，还在担心她会有小怨念的我总算是放心了。

或许这就是一个爸爸在成长中必须扮演的黑脸角色，面对该坚持的事，再心痛也必须坚持。

安徽月亮湾：走，爸带你生火去

2013 年 4 月的一个周五晚上，几个朋友在群里聊天，提到新冒出来的一处自驾目的地——安徽月亮湾，恰好都没去过，就一拍即合约定周末出发。

撂下狠话后，男人们纷纷下线跪求"主子们"的同意，幸亏老婆大人们都很开明，次日上午，四辆车子满载着食物就这么任性地出发了。

这次同行的有四个小朋友，可把步步高兴坏了。平常她总抱怨坐车无聊，这次中途每次停车，加油也好，休息也好，她都兴致高涨地跑去拉小朋友一起，或是跑去别的小朋友车上，孩子们在几辆车间蹿来蹿去，不亦乐乎，妈妈们也乐坏了。

虽然设定的目的地是月亮湾景区，不过我们在景区稍作停留，便按照朋友的攻略开进更原生态的山间，在森林里选了片开阔的空地进行老少咸宜的游戏——BBQ（烧烤）。

步步像看魔术一般瞪着我从车上搬下木炭、烤网、扇子、各种食材，每搬下一样，小朋友们就齐刷刷地"哇"一声，连续"哇"了几声之后，森林方圆几里便一只鸟雀都没有了。

爸爸们就地取材，用石头堆砌了一个简陋的炉子，小朋友们一拥而上围着石炉，叽叽喳喳各抒己见。有的说要先点火再丢炭，有的说要先点树叶再放树枝。为了证明自己的观点各种旁征博引，激动得简直要翻脸掐架，完全忘记了之前信誓旦旦向各自的妈妈保证自己从没玩过火的话。

被禁止的游戏总是特别迷人，想想自己小时候也特别爱偷偷生个火烧个草坪什么的，我便当作什么都没听到，指使他们去附近捡柴火。

或许是第一次在"官方"指导下玩火，或许是人一多就爱争输赢，小朋友们都很积极，连蹦带跳地抱着满怀的柴火往回赶，生怕落了后。

捡回一口袋湿漉漉树叶的这位小朋友，叔叔相信你真的没偷偷玩过火。

拖回一米多长枯枝的步步，等下来爸爸这里谈一谈好吗？

用报纸和木炭顺利生起火后，小朋友们惊叹不已，下一秒他们就争先恐后往火堆里丢树枝、树叶、石头。我拦下了好几块石头，顺便科普了一下生火的小常识，虽然被别人家妈妈批评"带坏小孩"，但丝毫不影响我瞬间晋升为小朋友们的男神。

很快，烤得发红的铁丝网上整齐地码好了各家妈妈带来的鸡翅膀、肉串、红薯、玉米。

躺着晒太阳的我远远吆喝一声："差不多了吧？"步步就屁颠屁颠举着鸡翅膀扑过来献宝，初次体验烧烤的乐趣和成就感，可把她乐坏了。

烧烤的空地附近有条小溪，吃饱喝足后，小朋友们的兴趣转向了玩水。我"教唆"步步脱了鞋子，卷起裤脚，去小溪里捞鱼。

有的妈妈很担心："滑倒怎么办？""水不干净怎么办？""裤子湿了怎么办？"

溪水清浅，还不到小腿肚深，滑倒了爬起来，裤子湿了晒晒就干，户外玩乐没必要讲究这么多。城里的小孩子已经够可怜了，好不容易来到大自然，就该自由自在痛快地玩——不贪玩，还是小孩吗？

福建霞浦：体验另一种沙滩

算起来，步步也去过国内外好几个海岛和沙滩，然而很长一段时间里，说到玩得最尽兴的，步步却坚持说是在福建霞浦，那片离家最近、最平民，甚至都不能算是风景的黑色滩涂。

2014年的"五一"假期，我们在福建霞浦度过。

来这里与其说是度假，更像工作，这里是出了名的摄影基地，不是景区，没有名胜古迹，就算在全国旅游大旺季，这里的小镇依旧清淡宁静，只有少数来自各地的摄影爱好者来来去去，稍作停留。

日出之前，日落之后，我守在相机边记录大自然渲染出的奇妙画面。其他时间，我和步步在滩涂上抓螃蟹，在礁石上撬贝壳，像模像样地体验渔民生活。

滩涂不像步步见惯的细白沙滩，脚下是黑糊糊的泥巴，踩上去软绵绵的，不知道是不是因为新鲜，还是小孩子high点低，步步居然觉得这样的沙滩"很好玩"。略带黏性的泥巴任由她捏出各种形状，步步捏得既投入又开心，就连闻到海边最讨厌的腥味也全然不在乎了，面对妈妈的质疑，还主动为泥巴开脱——"这就是大海的味道呀！"

  路过的渔民说，我们脚下的这片滩涂螃蟹最多。听说可以抓螃蟹玩，步步热情高涨地一路乱翻。我告诉她，螃蟹爱藏在潮湿的地方，要找潮湿的大石头，石头越大下面藏着的螃蟹越大，果然一翻一个准。

  只是刚开始步步不敢抓螃蟹，我便手把手教她如何先按住蟹背，确保钳子不会夹住手指。

  选了一个下午包船去附近岛上玩，船夫极力推荐的"景色最好"的岛其实就是块大礁石，把我们放在礁石上，船夫借口打理副业去了海带厂，承诺两个小时后来接我们。

  置身于四面茫茫的大海，身边连块平地都没有，百无聊赖的我们只好在礁石上找乐子。先是开始攀爬陡峭的岩石，在妈妈们不断的惊呼声中，小朋友一个个都爬到了山顶。看着陡峭险峻的岩石，攀爬起来却很是轻松，所以，看着可怕和实际是否真的可怕还是需要自己去验证一番的。

  而后小朋友们又开始挖岩石缝里的贝壳，岩石的缝隙里长满了各种我们不认识的贝类。女儿发现了一种长得像海葵的贝类，用东西轻轻一戳就会飙水，一飙水女儿就尖叫一下，然后她又继续去戳，继续尖叫。快乐貌似来得也很容易。

　　小镇的夜晚出乎意料地丰富，枪打气球、圈套玩偶，这些我童年时的小游戏都还是保留节目，带着老婆和步步体验了一晚上我的童年。"好多游戏啊，为什么我们都没有？"

　　这样的问题，我也无法回答。

　　在归途中，瞥到路边有块牌子写着"熊胆养殖基地，欢迎参观"。正好带小朋友们去科普一下。据养殖场负责人介绍，网上一直在传活熊取胆汁何等残忍，他们为了让更多人了解养殖场里熊的状态，特地在路边竖了牌子欢迎大家来参观。带领我们参观的人介绍说他们现在用的是最先进的技术，熊的身上只有很小的一个针眼，比我们平时挂盐水的针还细。小朋友们也听得一知半解，倒是后院刚出生的几只小熊吸引了他们，养殖场的人看小朋友那么兴奋，也同意了他们去抱抱小熊。

下地挖红薯，掰玉米，搬舞着锄头刨地，杂草泥土算什么，就连被不知名的小黑虫咬了一手臂的包，她也没掉一滴眼泪，坚强地拍掉小虫，转身就追大白鹅去了。

浙江松阳：做一个地道的村民

2014年的中秋节，我躲进了一个僻静的小城——松阳。

步步去过很多片海，却很少进山，对她来说，山里的一切都那么新鲜有趣。我们漫步在山间村落里，房屋是棕黄的夯土砌成，就地取材是当地特色。

村中家家都门户大开，鲜有青壮年，每家的院子里都坐着一两个晒太阳的老人，一条过于好客且毫无警惕性的土狗，几只趾高气昂的土鸡。房屋之间前后相连，不锁门，从这家后院走出来，很容易就走进另一户的前厅。

我一路走，一路和步步分享自己小时候在农村过暑假的日子，虽然条件艰苦了些，但充满了乐趣。不知不觉就到了中午，路过某家的前院，硬是被饭香吸引进去。

松阳煮饭有"捞米汤"的习俗，即烧饭时多加水，水沸后捞出部分米汤，接着继续煮饭，捞出来的米汤便是当天的饮料，据说这米汤特别养胃。

步步第一次看到用柴灶煮饭，饶有兴趣地绕着柴灶转悠。热情的主人向她示范如何用柴灶烧饭，如何生火，如何加柴，还盛了碗热乎喷香的米汤请我们品尝。

在另一户人家里，步步很快和主人老大娘聊上了。正在剁肉馅的老大娘热心地教步步如何正确地拿菜刀，还特地去拿了一捆豇豆来做示范，并盛情邀我们一同午餐。

村口的某间院子里，一口长满青苔的老井得到了步步的青睐。只在电视上见过的井看起来颇为神秘，"里面的水哪儿来的？""水会不会干掉？""掉下去怎么办？"

老井的主人是个和善的老奶奶，她把刚打上来的井水端给步步洗脸。

"爸爸，这水好甜啊！"洗脸时偶尔抿到几滴水，步步也觉得颇为新奇。步步还用我们车上的矿泉水瓶灌了两大一小三瓶水，自己主动拎到车上去，打算带回家烧了喝。

村里散养的鸭子，路边树上的石榴，玉米地里的七星瓢虫，草地上的蚱蜢——城里没有的好玩事物这里到处都是，平时有些小洁癖的步步完全进入入乡随俗的状态，下地挖红薯，掰玉米，挥舞着锄头刨地，杂草泥土算什么，就连被不知名的小黑虫咬了一手臂的包，她也没掉一滴眼泪，坚强地拍掉小虫，转身就追大白鹅去了。她这种出于贪玩而临时血槽爆满的坚强，真让我哭笑不得。

教你几招拍好亲子照

每次在朋友圈晒自己和女儿的照片，总会引来好
友的群黑事件。

不太熟的会问："照片谁给你拍的啊？"

比较熟的朋友就直接打击："你看，明显你老婆照片拍得
比你好！"

或许这就是我平时毒舌积下的孽。

黑就黑吧，不过，关于教老婆拍照这件事情还是可以再谈
谈的。

老婆大人对摄影这件事几乎没有任何兴趣，虽然走南闯北
和我去了很多地方，但通常都只是耐心地站在一边看我拍照，
偶尔替我按几张旅游纪念照。

不过有了女儿后，为了满足我和女儿合影的需求，老婆也
被逼掌握了些摄影基本技术。

为什么大家都会觉得我老婆照片拍得蛮好呢?

第一步 选择好拍摄的地方或场景

有时会让女儿先站在需要拍摄的位置,我在相机里大致框出场景,告诉她这个场景所需要的大致感觉,然后就把相机交到她手上,自己去和女儿玩耍摆造型。

当下需要的光圈等所有设置我全都已经调好,她只需要把人物框在取景器里面,然后按下快门就可以了。

第二步　确保照片清晰

老婆最大的优势就是能抓准对焦点，把取景器里的对焦点准确地对到人的身上或脸部，然后按下快门，连续拍摄。外出时，我也经常把相机交到别人手上让他们帮我拍纪念照，其中不乏那些背着高配置单反的人，但经常拿回相机回放后发现，对焦没对在人身上，需要拍摄清楚的部分是虚的。

首先是要对焦准确。很多单反以外的相机都已经能自动识别脸部对焦了，基本就没有对焦点找不到的问题，但单反相机大多还是要自己控制对焦点。对焦点就是取景器里那个半按快门会亮的红点，原始位置在画面的中间，也

可以根据需要调整到其他位置。把红点对焦到你要拍摄的物体上，半按快门直至红点对焦点呈现最清晰时，完全按下快门就能确保你要拍摄的物体是清晰的。

但要是没有一定的快门速度，照片还是会因为晃动而模糊，一般将快门速度设置在焦距倒数以上即可，比如焦距是100mm，那么快门速度保持在1/100s以上就可以了。保持手不抖，按快门时手指放松，轻轻按压快门。我看过很多人举着相机按快门的时候，整条手臂都在用力，其实快门很轻的，不需要很大的力气，轻按就能确保相机的平稳，照片也会很清晰。

第三步　学会观察和利用场景

首先要有丰富的经验来寻找和判断哪个地方适合拍照。不是说这个地方风景好，你往那儿一站拍出来的就是好照片——最起码你得会辨别太阳的方向，别搞个大背光脸全黑。

其次你要知道在当下的环境中需要用广角拍摄还是长焦拍摄，什么样的镜头焦段能最好地展现当时的场景。要在一个杂乱的环境中找到想要拍摄和表现的场景内容，就像我和女儿有很多在市场等杂乱环境中的照片，这时候更

需要拍照者有判断力。

　　当然，拍摄对象的表现也很重要。我要总是和女儿往那儿一站，每人伸出两根手指，拍出来的照片估计傻透了。你需要了解人物在场景中如何表现是最自然、最适合的。

　　比如，在海边，我会带着女儿一起奔跑或是戏水；在船头，我会和她坐着眺望远方；在林间小道上，我会牵着她的手悠然走过……

　　总之，融洽的画面才会是一张好的照片。

第四步　后期处理也很重要

仅仅按下快门就可以了吗？

第五章
教你几招
拍好亲子照

你能指望一个平时不摸相机的人在临时举起相机时能兼顾到给你一个完美的构图吗？

我对老婆的拍摄要求是：人在画面里，拍清楚。

至于其他，由我后期搞定。

裁剪是后期第一步。

裁剪能把图片重新构图，有时一张很普通的照片经过裁剪能成为一张精彩的作品——所以需要你有一定的审美能力，能重新塑造一张图片。

其他的调整是根据每张照片的特性而言，最常见的就是色阶、锐化、对比这类简单调整。亲子题材的照片主要还是以记录为主，通常我不会做过度的调整。基本的后期操作，一般的后期书都会有介绍，我在这里就不啰嗦了。

看完以上，大家应该大致明白我家老婆大人为什么也能拍出精彩的照片了吧。

要拍出好的照片，学习和不断拍摄是很重要的，一味追求器材并不能让你拍出精彩的照片。多拍、多想、多总结经验，才会让摄影技术不断提高。要知道，摄影很大程度是要靠经验支撑的，经验哪里来？还不就是靠反复练习、学习，一点点磨出来的。凡事都没有捷径，摄影也是。

拜托，别比"剪刀手"好吗！

微博、微信、Instagram，这是一个图片为王的时代。

很多人觉得拍照难，尤其是亲子照，角度不好找啦，孩子不听话啦，无数次想用镜头记录充满童趣的一个瞬间，却常被难看的照片消磨了热情。

太小的孩子的确不会记得你辛辛苦苦带她去的那个地方叫什么，如果没有照片记录，若干年后，连你自己的记忆都会模糊，很多旅行中的细节就这么淡忘了，所以每次我都会尽可能地多拍照。

影像会帮我们记录很多东西，等到我老得不能旅行的时候翻出来看看，这些记录会是我最珍贵的回忆。

就像小时候骑过自行车，多年以后仍然可以轻易地重新开始骑车一样，幼时的体验和经历，已经在大脑沟回里留下了痕迹，一旦回到熟悉的场景，就会被唤起。

我希望步步从小积累的丰富旅行经验，能帮助她在成长中更快地适应环境的变化。

当然，也希望她和我一样，热爱旅行。

很多人看了步步的照片都问，为什么你女儿拍照时从来不摆"剪刀手"？

这是因为我从来不会要求我女儿在镜头前刻意地摆造型，尤其是剪刀手这种造型。相反，我甚至有意识地，从小就要求她不要摆出剪刀手。有时候爷爷奶奶这么说的时候我还会制止，说你不要做这个，这会让她养成不好的习惯。

小孩子最真实的状态就是自己玩、哭、闹。我也一直在记录这些瞬间。

拍步步的绝大多数时候，是她在玩耍，我在旁边偷拍。

她该怎么玩怎么玩，我会去寻找角度拍摄，把自然的状态拍出来。

最多呢，在按快门的一瞬间喊她一声，记录下她最自然的反应。

拍孩子，不全在于技巧，更在于你拍多少。

拍得多了，自然会知道怎么去捕捉画面，怎么掐准时间，怎么还原孩子的纯真。

孩子大了，总会有情绪，尤其是经常给她拍照，偶尔会有不耐烦、不配合这样的小情绪，如何快速地说服她拍照？有时候与其讲大道理，倒不如做点轻松愉快的小交易。

构图：放在中间，有啥不行

前天在朋友圈看到一则"论如何放倒一个摄影师"的帖子，句句都戳中摄影师的泪点，比如什么"把我拍瘦点"、"给推荐款相机吧"、"到底是单反，拍得就是好"。

这些问题我也经常遇到，有的时候内心会冒出很多小动物咆哮而过。

除去那些爱莫能助的问题，我还是很乐于和大家交流的。

譬如平时老会有人问到的构图问题，被问得最多的莫过于："拍人的时候是不是不能放在中间？"

"为啥不行，只要好看，放哪里都行，这是我对构图的理解。"

我自己不是科班出身，摄影构图的理论书籍虽多，自己却没怎么看过，至今也没搞清楚究竟"黄金分割点"是在哪里。只是直观地觉得，哪个位置好看，就从哪个角度去拍，从来没刻意去寻求所谓的理论支持。尤其是亲子照，小孩子动作变化很快的，哪怕你让她别动，她都忍不住要东摸西摸。何况，我一向不鼓励摆拍，孩子自己玩得开心就好，怎么拍好看，这是我的事。在那个时刻，你只要把人完完整整地拍进镜头就好,清楚地记录下她每一个动作、笑容,构图就留待回家裁剪吧。

裁剪是修图的第一步,我自己拍了这么多年,虽然在拍摄时也进行了构图,但也不能说当时的构图就是完美的,更多的会进行后期裁剪。有时候剪裁一点点图片就会发生很大的变化,在此分享一个私家笨人招数。

在电脑上一遍遍放大、缩小图片,放大后把图案在画框里不停拖动,从各个角度来看照片,琢磨出最好的角度。

一开始没把握,一张照片你可以裁出好几个版本,然后比较,哪张最好看,有了比较会分出高下,哪个角度比较好,对下次裁剪也是经验积累。

裁剪的时候要学会做减法,别什么内容都想在一张照片里呈现出来,拍照最忌讳什么都要,只要裁剪出你最想要的部分就可以了,其他杂乱的、细微的元素通通剔除在外。

特别是拍人物类照片,要简洁明了,主题清晰。所谓主题清晰就是没有杂乱的东西,人家第一眼就能看到你要呈现的东西,如果杂七杂八的元素太多,视野就会被打乱,注意力分散,照片就失败了。

如果图片本身就很简洁,可以用不同的裁法来比较,把人物或景致放在哪个位置最好看,多试验几次,经验就是这么累积起来的。

　　不要去钻研那些枯燥的构图理论知识，那只会让你更迷茫。有时间多看看自己感兴趣的主题照片，亲子照也好，风光大片也好，不仅要多看，还要多多练习，研究再多的理论知识，不去实践演练，不积累丰富的拍摄经验，你是拍不出好照片的。

原图

裁剪后效果 1

裁剪后效果 2

裁剪后效果 3

抓拍：水花四溅，拍得敞亮

在斯里兰卡，从南部海滩加勒去往亚拉的途中，路过一处颇为壮观的瀑布，巧的是，就在我们离开的时候，几个当地人来到瀑布下洗澡。

看着他们以最放松的姿态享受着瀑布，飞驰而下的巨大水流在阳光下绽放开层层叠叠的晶莹的花朵，这种水流带来的快乐感染了我，快门记录的画面让人光是看着图片就能感受那份透骨清凉。

拍摄这类照片，有几个小技巧。

首先，要脸皮厚。一般来说我看到有洗澡的人适合拍摄的，先会大致观察下，如果是几个小男孩，直接冲到前面举着相机大胆拍摄，通常不会有问题。调皮一些的大男孩还会高兴地在镜头前表现一番，或者主动和我互动；如果是比较腼腆的小孩，我会先在远处用长焦镜头试探性地拍几张，如果对方表现出不愿意那就只能停止拍摄，如果对方看起来比较友善，不介意的话，我会慢慢往前蹭，最后蹭到镜头都会溅到水为止。

其次，我偏爱用闪光灯。闪光灯能营造一种气氛，让照片更显厚重。

　　最后，相机在什么状态下能够确保拍出的照片是清楚的呢？我认为保证一定的快门速度是很有必要的。如果你觉得自己的手不是很稳的话，最好让快门保证在1/100s以上。做到这点，还要保持手尽量不要抖动，按快门时手指轻轻用力就可以，避免整个手臂都使劲造成抖动。

光线条件不好怎么办？

　　在阳光充足的地方保持一个较高的快门速度是简单的，光线条件不好的时候，可以提高 ISO 感光度。现在的相机在高感方面都已经做得很不错，适当提高 ISO 也不会明显降低照片的画质。在画质和清晰度两个选项中，拍清楚更重要。适当用上三脚架也能够解决快门速度的问题。另外，可以用机顶闪光灯来弥补光线不足的问题，即使是在全黑的环境中，手持相机仍然可以拍出清晰的照片来。

硬件：刚入门，M 不适合你

在外拍照片的时候经常会碰到有人过来把相机往我手上一塞，说："帮忙看下，我拍的照片怎么这么黑（或者那么白）。"

一看，发现很多都是把快门设置在 M 模式——肯定刚入门，连 M 挡是什么模式都没搞清楚就设置成这种模式拍摄。

M 是全手动模式，要你自己设置好需要的光圈和速度组合来拍摄你所需要的照片。一般只有在摄影棚内使用闪光灯拍摄的时候使用（户外使用闪光灯或者有特定需求时也可以使用），但在一般拍摄的情况下，不建议使用 M 挡。

我大多时候是使用 AV 模式拍摄的，也就是光圈优先模式，你只需要设定好需要的光圈，相机会根据现场的光线自动调配到一个合适的快门速度。景深是通过光圈控制的，照片所要表现的内容也经常会通过景深来突出和表达，所以大多情况下我会根据拍摄需要设定好光圈，让相机自动给出正确的曝光组合。（当然有些情况也需要手动来调整，如 ISO）

在迅速变化的环境中，高性能的相机能帮你简化很多问题，你要是还选择手动模式，连拍到一张清楚的照片都非常困难。

拍摄动物的时候我使用 T 模式，也就是速度优先模式，因为这时候首先要保证一个极高的快门速度来捕捉快速运动的动物静止的瞬间。

AV 模式，大光圈，景深很小，背景完全虚化

AV 模式，小光圈，景深很大，中景的船，背景的亭子、房屋都清晰展现

记得第一次旅行，是在 2002 年。

那次在老婆的催促下，报了个便宜的泰国旅游团，大概每人 2 000 元，也算是蜜月旅行。第一次出国门，胆子还有些小，导游说晚上不让出门，我们也就乖乖地待在酒店。那一次，让我对旅行开始产生了兴趣。

隔了一年，好好地计划了一下。约了几个好友，组织了第一次自助游——尼泊尔之行。记得那时经济并不宽裕，看了别人的攻略，找到那些只要 5 美元的小旅店入住，转乘最便宜的飞机航班，虽说过程有些艰苦，但现在回想起来依旧觉得当时的回忆是美好的。

就这样，一开始就坚持了十年。

现在，女儿慢慢长大了。我也渐渐带她去更多更远的地方。旅行带给我很多的体验，我要带着女儿一起去经历。

人，是在不断的经历和体验中长大成熟的。

等到我哪里都不能去的那一天，我的孩子、孩子的孩子，依旧还能继续带着我的心去远方。

在结束这本书写作的时候，我又带上女儿去了埃及，除了白天黑夜的旅途劳顿，在开罗街头拍照还两次被抓进了警察局，第一次是被警察喊去，第二次是被一群开罗街头的市民架去警局的。希望能有下一本书给大家讲述更多更有意思的旅行故事。

最后，特别感谢我的好友江水为本书的资料整理付出的辛苦劳动。

带宝贝旅行必知常识

附录

比较适合亲子游的目的地

选择亲子游目的地，航程远近、游玩天数、当地治安、卫生条件都是需要考虑的因素。针对小孩子，不宜选择飞行时间超过 8 小时或多次转机的目的地，以免长途飞行带来身体上的不适。此外，应选择那些符合孩子兴趣，能提供儿童娱乐设施的景点。如科技馆、动物园、海底世界等，这些景点不仅能让孩子感兴趣，还能激发他们的好奇心和求知欲。总体而言，比较适合亲子游的目的地主要可分为以下几种：

1 自然景观类：如森林、湖泊、海滩、高山等。

2 科学教育类：如博物馆、科技馆、天文馆等。

3 历史人文类：如古迹、名人故居、寺庙等。

4 民俗类：如云南丽江、广西阳朔、湖南凤凰等。

让孩子成为旅行的参与者

❶ 通过地图或相关景点的
图片、宣传片等，让孩子对旅
游目的地有大致的了解。

❷ 在孩子力所能及的
范围内，提前布置一些旅行
任务给孩子，培养孩子的
自理能力和责任意识。

❸ 为孩子准备探索自然的工具，鼓励他收集感兴趣
的东西，激发孩子对事物的兴趣。

❹ 给孩子准备一本空白的涂鸦本，让孩子写下或画下
旅途所见，培养他的动手能力，激发孩子的发散思维。

❺ 在出发之前，告诉孩子在旅途中或许会出现的各种
意外情况，教孩子学习一些旅途中的急救知识，让他做好
充分的准备。

游玩小贴士

❶ 根据孩子的身体状况来安排，行程不宜过于紧密，一地式的短途旅游最为理想，可以根据孩子的情况自由调整行程。旅途中尽量安排孩子在一些较为空旷的地方玩耍，如公园、广场等，可供孩子自由活动。

❷ 提前做好功课，根据孩子的喜好选择景点和路线。安排有助于孩子留下深刻记忆的活动，例如海边拾贝壳、海洋馆观看动物表演等。

❸ 外出旅游一般都近山近水。登山时提醒孩子要注意力集中，在陡峭处观景应当停止步行，避免脚步踩空而出现危险。对于没有正式开放的水域，要告诉孩子绝对不要去游泳。

④ 野餐布在海边、草坪上都能用到。既可以防水，又能让孩子坐在上面玩耍、吃东西，避免因直接接触沙子和草地而感到不舒服。

⑤ 儿童在旅途中时间长了，通常会感到无聊。跟孩子做些小活动，玩点小游戏，不要让孩子闹起来以后才设法使他安静。

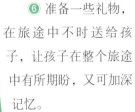

⑥ 准备一些礼物，在旅途中不时送给孩子，让孩子在整个旅途中有所期盼，又可加深记忆。

衣食住行

 衣

❶ 查询出行时期所在城市与目的地的天气变化，根据天气准备携带的衣物。

❷ 在孩子正常换洗衣物的基础上多带 2～3 套，以防突发状况。

❸ 要让孩子穿着宽松的服装，便于孩子活动。孩子游玩时不要穿得过多，同时带上备用衣物，避免一冷一热而诱发感冒。

❹ 带上几个干净的塑料袋，可以将孩子换下来的衣服分开存放，方便又卫生。

❺ 旅途时，孩子可能会睡着，带一条小薄被是非常有必要的。

❶ 携带一些事先准备好的餐点干粮，包括孩子爱吃的食物、饮料。

❷ 新鲜的水果和健康的小零食是旅途中不可缺少的食品。

❸ 外出旅游尽量保持原有的饮食规律，按时就餐，避免两餐之间时间过长，还要防止暴饮暴食。

❹ 注意饮食卫生，不吃不清洁或变质的食品，尤其在炎热的夏季，更应提高警惕。

❺ 各地水质标准不同，孩子可能会出现水土不服的情况。最保险的办法是用瓶装水烧开，冲兑成温水再给孩子饮用。

 ❶ 出行前，最好提前订好酒店。确认入住酒店对于带孩子旅行的家庭有加床、儿童特价房等服务，或者可以开辟儿童客房或者临时布置父母房内的儿童区域。

住 ② 必要时，可以自带被单、床单和小孩的枕套，让孩子安心入睡。

③ 保证孩子充足的睡眠。父母要做好工作让孩子安心入睡，为出游积蓄精力。

④ 入住酒店后，注意观察安全出口在何处，以防出现意外时不知从何处逃生。

⑤ 住宿的房间内如果有电风扇或空调，应该避免夜间对人直吹。

行 乘飞机：

未满2周岁的婴儿须购买婴儿票，票价一般为成人全票价的10%，不单独占用座位。如需要单独占用座位时，应购买儿童票。已满2周岁而未满12周岁的儿童按成人全票价的50%购票。搭乘飞机时最好预订各区段第一排的座位，并询问飞机上是否有婴儿专用台或婴儿床。须注意的是，购买婴儿机票、儿童机票时，应提供儿童、婴儿出生年月的有效证件，如出生证、户口簿、身份证等。另外，儿童、婴儿都需要至少一个成人偕同出行。

乘火车：

　　身高不到 1.1 米的儿童有成人监护，可免费乘坐火车，与成人共用一个卧铺。身高不满 1.1 米的小孩如要单独使用卧铺，只需购买卧铺票，不需购买客票。乘坐火车时要求预订下铺。乘车时，可以让孩子在车厢中适当走动，但一定要注意安全。

自驾：

　　对于 6 岁以下的儿童，应配备儿童安全座椅。安装儿童座椅最好的位置是后座中间，家长一定要随时检查安全带是否系好。乘车时要提醒孩子，不要从车窗向外伸头、伸手。

备好药品

① 在外旅游最容易出现的儿童健康问题是肠胃不适，或因受凉引起腹泻、肚子痛等现象，因此可以备一些儿童肠胃药。

② 如果是夏天出游，要带上防蚊药，在树木花草比较多的地方玩耍时，也要尽量避免被蚊虫叮咬。

③ 小孩容易脱水，需要提高他们的摄水量，保持盐分和糖分。电解质水能够迅速补充流失的水分，但一定要适量。

④ 长途旅行时，孩子很容易晕车晕船，最好提前备好晕车药。

⑤ 有时，孩子会因水土不服而消化不良或皮肤过敏，可提前咨询医生，并开一些助消化、抗过敏及其他相关的药品备用。

⑥ 其他如体温计、绑带、纱布、创可贴、消毒纸巾、退烧药等最好也准备一些。

遇到突发事件如何处理

症状：头晕、恶心、呕吐、多汗、脸色苍白、流口水或口水增多、不爱睡觉。

处理方法：如果你们是自驾旅行，需要马上把车停在路边最近的休息区，让孩子下车呼吸一些新鲜空气。如果你们在飞机上，请乘务员尽可能给孩子安排一个靠近机翼的位置坐下。如果你们乘船旅行，马上把孩子抱到甲板上，尽量让他向正前方的海平线看。另外，喝点姜水对治疗晕车也很有帮助。

如何预防：出发前，最好让孩子吃些易消化的食物。还可以多给他喝点水，防止晕车后出现脱水症状。如果孩子经常晕车，就可以咨询医生是否可以吃点晕车药防止晕车。

症状：耳朵疼，心烦意乱，坐卧不安，甚至哭闹不止。

处理方法：这种情况多出现在飞机起飞和着陆的时候。可以让孩子喝点水，或吃些东西。咽水和咽食物的过程，可以缓解气压给耳朵带来的痛苦。

如何预防：对孩子要提前培训，让他做好心理准备。另外，在出发前还可以咨询医生，是否可以给孩子开一些缓解痛苦的药物。

症状：大便次数增多，排稀便等，以夏秋季节发病率最高。

处理方法：孩子在旅途中出现腹泻，可能是因为生活习惯改变，也可能是大家常说的水土不服，严重一点的有可能是感染了某些细菌。不必着急，大多数情况只要护理得当，很快就会痊愈。这时候你先要给孩子补充一些电解质溶液，防止孩子出现脱水症状。饮食上要多给孩子吃一些清淡的食物。随身携带的止泻药这时候也该登场了。如果孩子的腹泻持续三天还没见好转，或者还伴有呕吐、大便出血等症状，就要马上和医生联系。

如何预防：如果你们是在外野营，要保证你们的食物必须是新鲜的，制作的时候一定要煮熟。如果是到外地旅游，在外就餐时注意饮食卫生，最好给孩子喝瓶装水。

症状：被晒伤的皮肤通常发红、有一点肿，还会有灼热的感觉。

处理方法：儿童的皮肤比成人的要细嫩得多，抗紫外线的能力也小得多。如果孩子被晒伤，先要进行冷敷，用冷毛巾在晒伤的部位敷上 10 ~ 15 分钟。如果你觉得处理不了，就到当地的医院检查。这期间最好让孩子多休息，多吃些水果，补充维生素，加快皮肤恢复。

如何预防：旅游期间孩子晒伤会很难受，所以提前预防比事后治疗更重要。如果带孩子去海边旅行，白天要尽量到有树荫的地方玩耍。出发前给孩子全身涂上防晒霜，且防晒指数要在 SPF15 以上，玩耍过程中最好每隔一段时间重新涂抹一次。别忘了给孩子戴上遮阳帽和太阳镜。